끝까지 살아 있는 존재

끝까지 살아 있는 존재

보리스 파스테르나크

최종술 옮김

BЫTЬ ЖИВЫМ ДО КОНЦА

Борис Пастернак

파스테르나크 초상화

차례
_____

첫 시절(1911-1913, 1928)[1]

2월. 잉크를 꺼내 놓고 울 때다!

Февраль. Достать чернил и плакать!..

2월. 잉크를 꺼내 놓고 울 때다!
우레 소리를 내는 진창이
검은 봄으로 타오른다.
흐느껴 울며 2월에 관해 쓸 때다.

삯마차를 구할 때다. 60코페이카를 내고
예배의 종소리를 뚫고, 바퀴의 함성을 뚫고
폭우가 잉크와 눈물보다
요란한 곳으로 달려갈 때다.

까맣게 그을린 배 같은 수천의 까마귀가
나무들에서 웅덩이들로 떨어져
메마른 슬픔을 두 눈의 바닥에
떨어뜨릴 곳으로 달려갈 때다.

슬픔 아래 눈 녹은 땅이 검게 드러나고,
외침들이 헤집어 놓은 바람이 식식대고,
우연할수록 더 충실하게
시가 흐느끼며 쓰인다.

1912, 1928

15

화로가 구릿빛 재를 뿌리듯

Как бронзовой золой жаровень...

화로가 구릿빛 재를 뿌리듯
졸음에 겨운 뜰이 딱정벌레를 뿌려 댄다.
나를, 나의 촛불을 마주하고
꽃 피어난 세상들이 걸려 있다.

미증유의 믿음에 가담하듯 나는
늙어 쓰러져 가는 잿빛 백양나무가
달의 길에 장막을 친,
연못이 드러난 비밀 같은,

밀려오는 사과나무의 파도가 속삭이는,
뜰이 말뚝 위에 지은 건물같이 걸려
하늘을 제 앞에 붙들고 있는
이 밤의 문턱을 넘는다.

1912, 1928

역

Вокзал

역, 내 이별들의,
만남들과 이별들의 금고,
입증된 벗이자 지시자.
공적을 헤아리기 시작하면 끝이 없다.

내 모든 삶이 숄에 감싸이곤 했다.
열차가 승강대에 닿자마자
하르피이아의 입마개[2]들이
김을 뿜어 우리 눈을 가리고 이글거린다.

네 곁에 잠시 앉을 뿐,
그것으로 끝이었다. 기댔고 떨어졌다.
안녕, 나의 기쁨이여, 작별할 때다!
차장, 지금 뛰어내려요.

악천후와 침목의 기동 속에서
서쪽이 양옆으로 갈라지고,
바퀴 밑에 떨어지지 않도록
눈송이로 때리기 시작할 것이었다.

되풀이된 기적이 멎는데
멀리서 다른 기적이 맞장구치고,

기차가 귀먹고 혹 많은 세찬 눈보라가 되어
플랫폼에 휘몰아친다.

이제 이미 황혼은 참을 수 없고,
이제 이미 연기를 뒤따라
들판과 바람이 달려 나간다.
오, 나도 그들과 한 무리였으면!

1913, 1928

베네치아

Венеция

창유리가 달그락거리는 소리에
나는 이침 일찍 잠을 깼다.
흠뻑 젖은 돌 베이글이 되어
베네치아가 물속을 흘러갔다.

만사가 평온했다. 하지만
잠결에 나는 비명을 들었고, 비명은
잠잠해진 기호를 닮아 아직
수평선 위 하늘이 불안에 떨었다.

비명은 전갈의 삼지창³이 되어
숨죽인 만돌린들 위에 걸려 있었다.
모욕당한 여인이 멀리서
비명을 토한 모양이었다.

이제 잦아든 비명은 검은 포크가 되어
어둠 속에 손잡이까지 솟아 있었다.
큰 운하가 싸늘한 웃음을 엷게 띠고
도망자처럼 뒤돌아보았다.

애수에 어슬렁거리는 굶주린 물결들이
저항하며 거기로 흐르고,

곤돌라들이 부두에 도끼를 갈며
묶인 줄을 끊었다.

곤돌라 정박지 너머
꿈의 잔해 속에서 현실이 태어나고 있었다.
베네치아가 베네치아의 여인처럼
강변에서 뛰어들어 흘러갔다.

1913, 1928

2부

장벽을 넘어(1914-1916, 1928)[4]

영혼 (오, 기억이 떠오른다면, 해방된 노예 여인)

Душа (О, вольноотпущенница, если вспомнится...)

오, 기억이 떠오른다면 해방된 노예 여인,
오, 망각에 빠진다면 세월의 포로인 여인.
많은 사람들이 여기기로 영혼은 순례자 여인이기도 한데,
내 생각에는 알아보기 힘든 그림자.

오, 심지어 네가 시구의 돌판 속에 깊이 가라앉았다면,
감옥이 2월에 잠기자 타라카노바 공작 영애[5]가
몸부림쳤듯, 심지어 네가 먼지를 뒤집어쓰고
몸부림친다면 익사한 여인.

오, 뿌리박은 여인! 나뭇잎처럼 떨어진 해들이
사면을 얻으려 애쓰며,
보초 같은 세월을 저주하며
달력들의 뜰 울타리를 두들긴다.

1915

23

사람들과 다르게, 매주 그런 게 아니라

Не как люди, не еженедельно...

사람들과 다르게, 매주 그런 게 아니라,
늘 그런 게 아니라, 백 년에 두어 번
나는 당신께 기도했다. 또렷하게
창조의 말을 되풀이해 주오.

계시와 인간의 부자유의 혼합을
당신은 도대체 참지 못한다.
어떻게 당신은 내가 즐겁기를 원하는가?
무엇으로 당신은 지상의 소금을 먹게 될 텐가?

1915

24

봄 (싹들이, 끈끈하게 부풀어 오른 양초 찌꺼기가 얼마나 많이)

Весна (Что почек, что клейких заплывших огарков...)

싹들이, 끈끈히게 부풀어 오른 양초 찌꺼기가 얼마나 많이
가지들에 달라붙었는가! 4월의
촛불이 켜졌다. 공원에서 성숙이 불어오고,
숲의 응답이 강해졌다.

숲이 밧줄에 걸린 물소처럼 깃털 있는
후두들의 올가미에 목이 조여,
오르간의 강철 검투사가 소나타 속에서 신음하듯
그물 속에서 신음한다.

시여! 흡반에 뒤덮인 그리스의 해면이
되어라, 그러면 끈적거리는 초록 잎새 사이
뜰에 놓인 초록 벤치의 젖은 판자에
나는 너를 붙여 놓지.

화려한 주름 장식과 피즈미[6]를 키워라,
구름과 골짜기를 빨아들여라,
그러면 밤에, 목마른 종이를 위해,
시여, 나는 너를 짜지.

1914

7월의 뇌우

Июльская гроза

만족과 불감의
탁한 술잔으로 완전무장을 하고
달콤한 후식을 즐길 때, 무위의 장막 뒤에서
그렇게 타격이 다가온다.

시각이 사점에 멈춰 선 것은
타격이 예정되어서가 아닌가?
내 담즙이 흐르지 않아서가 아닌가?
내 간이 제자리에 있어서가 아닌가?

멀리 뇌우의 진영에서
하늘의 반이 발을 구르는 시각에
보리수의 혀가 굳는 것 아닌가?
잎들이 입천장에 들어붙는 것 아닌가?

그러고는 저 멀리 저곳에서 왁자지껄 훈련하는
불명료한 연보랏빛 소리가 들려온다.
하얀 구름들이 떼 지어 모이며
더위에 절어 대대 대형을 이룬다.

암흑의 온 진영이 시야에 들어온다.
울타리가 암흑을 눈길로 먹어 치우며

망연자실 서 있다. 넋이 나간
마차들과 통들과 헛간들.

손수건같이 하얘져서 해바라기 씨를
물어뜯는 것을 잊었다, 뱉는 것을 잊었다,
젊음처럼 그들 위에서 숨이 멎은 하늘이
그들 모두를 노예로 만들었다.

뇌우가 대문에! 마당에!
어둠 속에서, 굉음 속에서, 은 속에서
변모되고 바보가 되며
뇌우가 회랑을 달려간다.

계단을. 그러고는 현관으로.
한 계단, 한 계단, 한 계단. 붕대!
다섯 개의 거울 모두에는
가면을 벗은 뇌우의 얼굴이 있다.

1915

비 갠 후

После дождя

창밖에는 북새통, 나뭇잎이 북적이고,
떨어진 하늘이 길에 널브러져 있다.
모든 것이 잠잠하다. 하지만 전에는 어땠던가!
지금은 대화가 그와 달리 친절하다.

처음에는 모든 것이 다투며 울타리 안으로
황급히 굴러 들어와서 나무들을 권좌에서 몰아냈고,
폭우에 짓밟힌 공원을 지나다 우박을 맞았고,
그러고는 헛간에서 통나무 테라스로 향했다.

이제 너는 무성한 수풀의 향기에 취하지 않을 것이다.
백양나무 잎맥이 다 터져서,
소다를 우려낸 즙 같은 정원의 대기가
백양나무의 쓴맛에 부글부글 뛰논다.

몸이 언 수영하는 여자들의 엉덩이와 등에서 떨어지듯,
발코니 창에서 땀이 냇물처럼 흘러내린다.
딸기의 언 쐐기가 번쩍이고,
우박이 소금같이 깔린다.

빛이 거미줄에서 굴러떨어져 쐐기풀 속에
누웠지만, 보아하니 잠깐이다.

몇 순간이 지나지 않아 빛의 석탄 조각이
덤불 속에서 활활 타올라 무지개를 띄울 것이다.

1915, 1928

즉흥곡
Импровизация

날갯짓 소리와 물결 소리와 울음소리에 맞춰
나는 건반 떼에게 모이를 던져 주었다.
나는 두 손을 뻗었다, 발끝으로 일어섰다,
소매를 걷어 올렸다, 밤이 팔꿈치에 몸을 비볐다.

어둠이었다. 연못이었고
물결이었다. 혈통 있는 새, 너희를 사랑한다.
마구 꽥꽥대는 굳센 검은 부리들은
죽느니 서둘러 죽이는 듯했다.

연못이었다. 어둠이었다.
한밤의 타르가 든 항아리들이 타올랐다.
물결이 배 밑바닥을
갉았다. 팔꿈치에서 새들이 서로 물어뜯었다.

밤이 봇물의 후두 안에서 찰싹댔다.
새끼를 먹이지 못하면 암컷은
꽥꽥대는 구부러진 목 안의 룰라드[7]가
죽기 전에 서둘러 죽이는 듯했다.

1915

마르부르크[8]

Мар6ург

나는 빈별 떨었나. 나는 불붙었다 꺼졌나.
나는 바들바들 떨었다. 나는 방금 청혼했다.
하지만 늦었다. 나는 겁먹었다. 거절당한 나.
그녀의 눈물은 얼마나 가슴 아픈가! 나는 성자보다
　　축복받았다.

나는 광장으로 나섰다. 나는 다시 태어난 사람으로
여겨질 수 있었다. 사소한 것 하나하나 다
살아서 나를 아랑곳 않고
작별의 의미 속에서 일어서고 있었다.

판석이 달아올랐고, 거리의 이마가
거무스름했고, 자갈이 눈을 치뜨고 하늘을
쏘아보았고, 바람이 뱃사공처럼 보리수들에서
노를 저었다. 이 모든 것이 닮음이었다.

하지만 나는 어떻게든 그들의 눈길을
피했다. 나는 그들의 인사를 무시했다.
나는 그들의 풍요 중 아무것도 알고 싶지 않았다.
나는 울부짖지 않으려 뿌리치고 달아났다.

아첨쟁이 노인인 타고난 본능을

나는 참을 수 없었다. 그는 꼭 붙어 살금살금 걸으며
생각했다. '어린애 사랑이야.
안됐지만 그를 잘 감시해야 해.'

'걸어, 한 번 더.' 본능이 거듭 말하며
달아오른 나무들과 라일락과 정열의
무성한 동정의 갈대를 거쳐
늙은 스콜라 학자처럼 나를 현명하게 이끌었다.

'걸음을 배우고 나면 뜀박질도 할 수 있어.'
본능이 되풀이했고, 새로운 운명 위에서 행성들이
원주민에게 다시 걸음을 가르치는 것을
새로운 태양이 정점에서 바라보고 있었다.

누구는 이 모든 것에 눈이 부셨다. 어떤 이에게는
한 치 앞도 안 보이는 어둠 같았다.
병아리가 달리아 덤불 속을 휘저었고,
귀뚜라미와 잠자리가 시계처럼 재깍댔다.

기와가 떠갔고, 한낮이 눈을 떼지 못하고
지붕을 바라보았다. 마르부르크에서
누구는 크게 휘파람을 불며 석궁을 만들었고,

누구는 말없이 성령강림제 풍물 장터를 준비했다.

모래가 구름을 먹어 치우며 노랗게 물들었다.
몰려오는 폭풍우가 덤불의 눈썹을 가지고 놀았다.
하늘이 피를 멎게 하는 아르니카[9]
조각 위에 떨어져 굳어 갔다.

그날, 지방의 비극 배우처럼 나는
볏부터 두 발까지 네 전부를
지니고 도시를 배회하며 외우고
셰익스피어 드라마를 연습했다.

이 안개를, 이 얼음을, 이 외관을
(너는 얼마나 아름다운가!), 이 숨 막히는 대기의 회오리를
내가 껴안고 네 앞에 쓰러졌을 때……
무슨 생각 하는 거야? 정신 차려! 다 틀렸어…….
    거절당했다.

    - - - - - - - - - - - -

여기 마르틴 루터가 살았다. 저기 그림 형제가 살았다.
날카로운 발톱을 가진 지붕들. 나무들. 묘비들.

이 모든 것이 그들을 기억하고 갈망한다.
모든 것이 살아 있다. 이 모든 것이 또한 닮음이다.

오, 사랑의 실이여! 잡아라, 빼앗아라.
하지만 삶의 세상 위 문들 아래에서
동등한 자로서 자신의 묘사를 읽을 때,
원숭이의 도태여, 너는 얼마나 거대한가!

언젠가 이 기사의 둥지 아래에서
페스트의 불길이 활활 일었다. 지금의 유황불은
험상궂게 철커덕거리는 기차들이
벌통처럼 뜨겁게 연기 나는 구멍에서 날아오르는 것.

아니, 나는 내일 그곳에 가지 않을 것이다. 거절은
작별보다 완벽하다. 모든 것이 분명하다. 우리는 끝장이다.
그래, 나는 가스등 곁을, 매표소를 떠날 텐가?
오래된 판석들이여, 나는 어떻게 될 것인가?

안개가 사방에서 침구 가방을 풀 것이다,
양쪽 창틀에 달이 하나씩 걸릴 것이다.
승객의 애수가 책들 위를 미끄러지다
얇은 책 한 권 쥐고 오토만에 자리 잡을 것이다.

도대체 나는 무엇을 겁내는가? 실로 나는 문법처럼
불면을 안다. 나는 익숙해졌다.
이성? 그러나 그것은 몽유병자의 달 같은 것.
우리는 친하지만, 나는 이성의 그릇이 아니다.

실로 밤들이 나와 체스를 두려고
달빛 어린 쪽마루에 앉는다,
아카시아 향기가 난다, 창들이 활짝 열려 있다,
정열이 증인처럼 구석에서 희끗해진다.

포플러가 왕이다. 나는 불면과 시합을 벌인다.
여왕은 나이팅게일이다. 나는 나이팅게일에게 손을 뻗는다.
밤이 이긴다, 말들이 물러난다,
나는 하얀 아침의 얼굴을 알아본다.

1916, 1928

3부

나의 누이인 삶(1917-1922)

1917년 여름

레르몬토프[10]에게 바친다.

숲이 사납게 날뛰고 뇌우의 먹구름이
하늘을 날아갈 때, 소녀여,
폭풍의 움직임 속에서
나는 네 모습을 본다.
— 니콜라우스 레나우[11]

악마에 대한 기억에 부쳐[12]

Памяти Демона

밤이면 빙하의 푸르름 속에서
타마라[13]에게서 오곤 했다.
악몽이 어디에서 울리고 어디에서 끝나야 할지
두 날개 끝으로 정했다.

흐느끼지 않았다, 벌거숭이들을,
매 맞은 자들을, 상처 입은 자들을 휘감지 않았다.
그루지야의 교회 울타리 밖
판석은 무사했다.

꼽추같이 추한
울타리 아래 그림자는 얼굴을 찌푸리지 않았다.
주르나[14]는 숨을 쌕쌕대며
등불에게 공주에 대해 묻지 않았다.

그러나 머리카락 속에서 불꽃이
작렬했고, 인(燐)같이 머리카락이 갈라졌다.
그리고 캅카스가 슬픔에 백발이 되는 것을
거인은 듣지 못했다.

창에서 1아르신[15] 떨어져 서서
뷔르누[16]의 양모를 뽑으며

정상의 얼음으로 맹세했다.

"내 사랑, 이제 자, 눈사태가 되어 돌아올게."

1917

이 시에 관하여

Про эти стихи

유리와 태양을 반반씩 섞어
보도들 위에서 빻을 것이다.
겨울에 천장에게 펼쳐 보여 주고
축축한 구석들에게 읽으라고 줄 것이다.

다락이 창틀과 겨울에 인사하고
낭독하기 시작할 것이다.
기이한 행동들과 재앙들과 기억들이
등 짚고 뛰어넘기로 횡목들에게 갈 것이다.

눈보라가 한 달 이상 휘몰아칠 것이다.
시작과 끝을 눈 속에 파묻을 것이다.
불현듯 나는 기억할 것이다. 태양이 있구나.
나는 볼 것이다. 세상이 오래전에 변했구나.

성탄절이 갈까마귀 새끼처럼 바라볼 것이고,
날이 갠 오후가
나와 내 사랑이 헤아리지 못하는 것 가운데
많은 것을 밝힐 것이다.

나는 목도리를 감고, 손바닥으로 얼굴을 가리고
환기창으로 아이들에게 외칠 것이다.

얘들아, 우리 마당에는
몇 천 년이니?

내가 바이런과 담배를 피우는 사이에,
내가 에드가 포와 한잔 하는 사이에[17],
누가 문 쪽으로, 싸라기눈에 막힌 구멍 쪽으로
오솔길을 밟아서 냈니?

친구에게 가듯 다리알[18]에 자유롭게 들어가던 동안에,
지옥에 들어가듯 병기고와 조병창에 자유롭게 들어가던
    동안에,
나는 레르몬토프의 전율처럼, 입술처럼,
베르무트주에 삶을 담갔다.

1917

42

나의 누이인 삶이 오늘도 봄비에 넘쳐흐르다가

Сестра моя - жизнь и сегодня в разливе...

나의 누이인 삶이 오늘도 봄비에 넘쳐흐르다가
모두에게 부딪쳐 생채기가 났다.
하지만 팔찌를 늘어뜨린 사람들은 고도로 까다롭고,
귀리 속에 든 뱀처럼 정중하게 문다.

나이 든 사람들에게는 나름의 논거가 있다.
논란의 여지 없이, 논란의 여지 없이 네 생각은 우습다.
뇌우가 치면 눈동자와 잔디밭이 라일락 빛을 띠고
지평선이 축축한 미니어넷 향기를 풍긴다는 것은.

5월에, 쿠페 안에서
카미신 지선[19] 열차 시간표를 읽을 때는
시간표가 성서보다도, 먼지와 폭풍우 때문에 까만
긴 안락의자보다도 웅장하다는 것은.

브레이크가 큰 소리로 짖어 대다 술에 빠진
벽촌의 태평한 농민들과 맞닥뜨릴 뿐인데
사람들이 내 플랫폼이 아닌지 매트리스에서 일어나
　　바라보고,
태양이 내려앉으며 나를 동정한다는 것은.

종이 세 번째 철썩대고 연신 사죄하며

물러간다. 안됐다, 여기가 아니야.
커튼 아래로 그을리는 밤 내음이 풍겨 오고
초원이 별을 향한 발판에서 무너져 내린다.

심장이 플랫폼마다 철썩거리며
객차 문들을 초원에 흩뿌리는 시각에
어디선가는 눈을 깜빡이다 뜨다 하며 단잠을 자고,
사랑하는 여인도 신기루가 되어 잔다.

1917

울고 있는 정원

Плачущий сад

끔찍한 자다! 뚝뚝 떨어지며 귀 기울일 것이다.
　세상에서 계속 그 홀로
레이스 같은 가지를 창에 비비는가,
　아니면 보는 자가 있는가.

하지만 부종에 짓눌려 숨 막혀하는 소리가
　선연하다. 구멍투성이 땅이다.
8월처럼 먼 들판에서 한밤이
　무르익는 소리가 들린다.

아무 소리도 없다. 첩자는 없다.
　아무 기척이 없자 그는
오래된 장난에 빠진다. 지붕을 따라,
　홈통 아래로 또 너머로 구른다.

나는 입술로 가져가고 귀 기울일 것이다.
　여차하면 목 놓아 울 준비가 된 나는
내내 세상에서 혼자인가,
　아니면 보는 자가 있는가.

하지만 고요. 나뭇잎 하나 살랑이지 않을 것이다.
　기적 없는 어둠, 눈물을 꿀꺽 삼키고

느슨한 슬리퍼를 철벅거리는 끔찍한 소리와
　그 사이 짓는 한숨과 눈물뿐.

1917

미신 때문에

Из суеверья

붉은 등자나무가 그려진 갑이
    내 작은 방이다.[20]
오, 관에 들어갈 때까지, 시체 안치소로 갈 때까지
    여관방들로 몸을 더럽히지 말 것!

나는 미신 때문에 재차 여기에
    거처를 잡았다.
참나무같이 갈색인 벽지 색깔,
    그리고 문의 노래.

나는 손에서 문고리를 놓지 않았다,
    너는 빠져나가고 있었다,
내 앞머리가 네 경이로운 이마에 닿았고
    네 입술은 제비꽃이었다.

오, 귀여운 여인아, 수선화가 4월에게
    속삭이듯 이번에도
네 옷이 옛 시절의 이름으로
    지저귄다. "안녕!"

네가 베스타 여사제[21]가 아니라는 생각은 죄악이다.
    너는 의자를 가지고 들어와

47

선반에서 내리듯 내 삶을 꺼내
　　먼지를 불어 날렸다.

1917

조심!

Не трогать

"조심! 칠 주의!"
　영혼은 조심하지 않았다.
종아리와 뺨과 손과 입술과 눈의 자국으로
　기억이 온통 얼룩져 있다.

누렇게 뜬 세상이
　네가 있어 하얀 분보다 하얘서,
나는 어떤 성공과 재앙보다
　널 사랑했다.

나의 어둠이여, 나의 벗이여, 신을 걸고 맹세하노니,
　정신 나간 헛소리보다도, 램프의 갓보다도,
이마에 감은 하얀 붕대보다도 언젠가는 세상이
　하얗게 빛나리라!

1917

노를 놓고

Сложа весла

졸린 가슴 속에서 배가 요동친다.
드리운 버들이 쇄골에, 팔꿈치에,
노대에 입맞춤한다. 오, 잠깐,
이건 정말 누구에게나 일어날 수 있다!

이건 정말 모두가 노래 속에서 즐거워하는 것이다.
이건 정말 그러니까 라일락의 재,
이슬에 젖은 카밀레 꽃잎 조각의 풍요,
입술과 입술을 별과 맞바꾸는 것!

이건 정말 그러니까 하늘을 껴안는 것,
거대한 헤라클레스[22]의 둘레에 팔을 엮는 것,
이건 정말 그러니까 수 세기를 계속해서
나이팅게일 우는 소리에 밤들을 낭비하는 것!

1917

봄비

Весенний дождь

귀룽나무에게 씩 웃었다, 흐느껴 울었다, 마차의
니스 칠을 적셨다, 나무들의 전율.
휘둥그런 달 아래 늘어선 바이올린 연주자들이
비집고 극장에 들어간다. 시민들, 줄 서세요!

돌 위 물웅덩이들. 타오르는 젖은
다이아몬드들에 잠긴 깊은 장미들이
눈물 가득한 목구멍 같다. 장미들 위,
속눈썹들 위, 구름들 위 행복의 젖은 채찍 자국.

처음으로 달이 이 늘어선 줄들과
원피스들의 펄럭임과 황홀에 젖은 입들의 권력을
석고의 서사시로 빚는다.
누구도 빚지 않은 반신상을 만든다.

누구의 심장에서 뺨에서 가신 피가 전부
영광을 향해 맹렬하게 쏟아진 것인가?
여기 피가 철썩댄다. 수상의 두 손이
입들과 대동맥들을 한 묶음으로 꼭 짰다.

이것은 밤이 아니고, 비가 아니고, 합창으로
터져 나오는 "케렌스키,[23] 만세!"가 아니다.

이것은 어제의 출구 없는 카타콤들에서
광장으로의 눈부신 탈출이다.

이것은 장미들이 아니고, 입들이 아니고, 군중의
아우성이 아니다. 이것은 여기 극장 앞에
유럽의 너울댄 밤의 파도가 밀려와서
우리 아스팔트 위에서 의기양양해하는 것이다.

1917

영어 수업

Уроки английского

데스데모나[24]가 노래해야 했고
삶이 그토록 조금 남았을 때,
그녀는 사랑, 자기 별이 아니라
버들, 버들에 대해 흐느끼며 노래했다.

데스데모나가 노래해야 해서
고통을 견디며 목소리를 내기 시작했을 때,
더없이 검은 악마가 검은 날에 관한
울고 있는 강바닥의 찬송가를 그녀에게 마련해 두었다.

오필리아[25]가 노래해야 했고
삶이 그토록 조금 남았을 때,
다락의 건초가 폭풍우에 휩쓸리듯
메마른 영혼이 솟구쳐 올랐다.

오필리아가 노래해야 했고
쓰라린 꿈이 극도로 싫어졌을 때,
어떤 트로피들과 함께 그녀는 가라앉았던가?
갯버들과 애기똥풀을 한 아름 안고.

정열의 누더기를 어깨에서 떨치고
꺼져 가는 심장과 함께 그들은

53

온 세상이 사랑의 몸을 흠뻑 적시고 귀먹게 하도록
우주의 저수지로 들어가고 있었다.

1917

시의 정의

Определение поэзии

이것은 급격하게 가득 찬 호가 소리,
이것은 으스러진 얼음 조각들이 깨지는 소리,
이것은 잎을 얼리는 밤,
이것은 두 나이팅게일의 결투.

이것은 여문 달콤한 완두콩,
이것은 콩꼬투리 속에 든 우주의 눈물,
이것은 악보대와 플루트에서 피가로[26]가
우박이 되어 이랑에 쏟아지는 것.

밤이 깊은 웅덩이 바닥에서 헤엄치며
그토록 중요하게 찾는 모든 것,
떨리는 젖은 두 손바닥에 올린
별을 뜰로 옮기는 것.

물속의 널빤지들보다 더 편평한 갑갑한 공기.
하늘이 오리나무로 가득 찼다.
이 별들은 깔깔대는 게 어울리건만,
우주는 황량한 장소.

1917

55

영혼의 정의

Определение души

떨어지지 않는 잎 하나가 붙은
익은 배처럼 폭풍우 속으로 날아가는 것.
가지를 떠나다니, 잎은 얼마나 헌신적인가!
미치광이, 먼지에 휩싸여 숨이 막힐 것이다!

익은 배처럼 바람보다 비뚤다.
잎은 얼마나 헌신적인가! "나를 더럽히지 않을 거야!"
주위를 둘러보라. 배는 아름다움 속에서 울림을 그쳤다.
빛이 꺼졌다, 뭉그러졌다, 재가 되었다.

폭풍우가 우리 조국을 불태웠다.
새끼 새여, 넌 네 둥지를 알아볼 텐가?
오, 나의 잎이여, 넌 꾀꼬리보다도 겁이 많구나!
넌 뭘 그렇게 몸부림치는가, 오, 나의 소심한 비단이여?

오, 두려워 마라, 뿌리내린 노래여!
우리는 또 어디로 허우적대며 가야 하는가?
아, 치명적인 부사 '여기',
유착된 전율은 모른다.

1917

창조의 정의
Определение творчества

베토벤의 투르소치럼, 활짝 풀어 헤친
셔츠 앞섶 사이로 털이 텁수룩하다.
잠과 양심을, 밤을, 사랑을
체스의 말처럼 손바닥으로 덮는다.

어떤 광포한 애수에 휩싸인 채
세상의 종말을 대비하여
어떤 검은 여왕²⁷을
졸들에 맞서는 기사로 준비한다.

별들이 움에서, 얼음에서
향기롭게 탄성을 내뿜던 정원에서
이졸데의 포도나무 위 나이팅게일처럼
트리스탄이 차가운 숨결을 헐떡거렸다.

정원도, 연못도, 울타리도,
하얀 울부짖음으로 부글거리는 우주도
단지 인간의 심장이 비축해 온
열정의 투하일 뿐.

1917

우리의 뇌우

Наша гроза

뇌우가 사제처럼 라일락을 불태우고
제물의 연기로 눈과 구름을
가렸다. 개미의 탈골을
입술로 펴라.

양동이들 소리가 삐딱하게 나동그라져 있다.
오, 이 무슨 탐욕인가! 하늘로 적은가?!
도랑에서 백 개의 심장이 뛰고 있다.
뇌우가 사제처럼 라일락을 불태웠다.

에나멜에 잠긴 초원. 얼어붙으면
그 푸르름이 벗겨졌다.
그러나 방울새조차 영혼에서
다이아몬드의 취기를 서둘러 털어 내지 않는다.

큰 통들 곁에서 아직
달콤한 풍요의 모자로 뇌우를 마신다.
칠장이들이 튀기는 검붉은 얼룩 속에서
시뻘건 클로버가 사납게 날뛴다.

산딸기에 모기들이 들러붙는다.
그러나 말라리아의 주둥이는,

광신자, 마침 여름의 장밋빛 화려함이
비할 데 없이 짙은 바로 이곳을 향하는가?!

블라우스를 뚫고 종기를 떨어뜨리고
붉은 발레리나처럼 떠나기 위해?
피가 젖은 나뭇잎 같은 곳에
장난의 침을 박기 위해?!

오, 내 놀이를 믿어라, 그리고 너에 뒤이어
천둥 치는 편두통을 믿어라!
그렇게 하루의 분노는 체리나무의 껍질
잡초처럼 타오를 운명.

그래, 너는 믿는가? 이제, 이제
얼굴을 사싸이 하라, 그러면 성스러운
네 여름의 빛 속에서
나는 얼굴을 불어서 활활 타오르게 하리라!

나는 네게 감추지 않을 것이다.
너는 입술을 재스민의 눈 속에 감춘다.
나는 내 입술에서 그 눈을 느낀다.
그것은 꿈속에서 내 입술 위에서 녹는다.

나는 내 기쁨을 어디로 치워야 하나?
시구들 속에, 줄 쳐진 노트 안에?
필기용 종이의 독으로 인해
그들의 입술이 터서 갈라졌다.

그들은 알파벳과 투쟁을 벌이고
네 뺨 위에서 발갛게 타오른다.

1917

참새 언덕[28]
Воробьевы горы

세면대에 대듯 가슴을 입맞춤에 내맡겨라!
실로 여름이 한 세기를 계속해서 샘솟는 것이 아니다.
실로 우리가 밤마다 발을 구르고 끌며
아코디언의 낮은 포효를 먼지에서 솟구쳐 올리는 것이
    아니다.[29]

나는 노년에 대해 들었다. 끔찍한 예언들이여!
부서지는 파도가 어느 하나도 별을 향해 팔을 쳐들지
    않으리라.
네가 믿을 수 없는 말들을 한다. 풀밭에 얼굴이 없고,
연못에 심장이 없고, 숲에 신이 없다.

영혼을 휘저어라! 오늘 온 영혼에 거품을 일으켜라.
이것은 세상의 정오다. 네 눈은 어디에 있느냐?
보라! 성상에서 생각들이 딱따구리들의, 구름 떼와
    솔방울들의,
열기와 솔잎들의 부글부글 끓는 하얀 거품의 무리를
    이루었다.

여기에서 도시의 전차 레일이 끊어졌다.
더 멀리로는 소나무들이 예배를 본다. 더 멀리로는 레일이
    갈 수 없다.

더 멀리에는 주일이다. 나무를 베어 낸 숲속 길이
가지들을 쳐 내며 풀 위를 미끄러져 사방으로 내달린다.

정오를, 삼위일체의 날을, 산보를 체로 치며
숲이 믿기를 청한다. 세상은 늘 그렇다.
깊은 숲의 생각이 그렇다, 풀밭이 그렇게 암시했다,
그렇게 우리 위로, 사라사 위로 구름들에서 한바탕
　쏟아졌다.

1917

사랑하는 사람이여, 네게 무엇이 더 필요한가?[30]

Mein liebchen, was willst du noch mehr?

시곗바늘이 벽을 타고 달아났다.
시각은 바퀴벌레를 닮았다.
그만! 뭐하러 접시를 내던질 텐가,
경보를 울릴 텐가, 잔을 깨뜨릴 텐가?

이 판자 다차[31]를 덮칠 일은
그것이 아닐 수도 있다.
행복, 행복에는 자비가 없다!
천둥이 치지 않았다, 뭐하러 성호를 그을 텐가?

벼락이 칠 수 있다.
젖은 객실처럼 확 타오를 것이다.
아니면 강아지들을 다 나눠 줄지도 모른다.
비가 날개를 산탄 알로 두들길 것이다.

그래도 여전히 숲이 우리 현관이다.
전나무 뒤 달의 열기가 우리 난로다.
세탁한 앞치마처럼
구름이 계속 마르며 지껄인다.

애수의 맹렬한 회오리가 기를 쓰고
우물로 달려갈 때면 폭풍이

지나가다 살림살이를 칭찬한다.
네게 무엇이 더 필요한가?

등불로 날아든 날벌레처럼
한 해가 등유 위에서 다 탔다.
저기, 회청색 노을 가운데
그가 졸음에 겨워 일어섰다, 젖어 일어섰다.

그가 아치 길을 살피듯 창을 들여다본다.
늙고 연민으로 끔찍하다.
그로 인해 베개가 축축하다.
그가 베개에 통곡을 묻었다.

이 누더기를 어떻게 위로할까?
오, 장난을 모르는 너는
버려진 여름의 억눌린 슬픔을
무엇으로 가라앉힐까?

숲이 납빛 실타래 속에 걸렸다.
우엉이 희끗하고 음울하다.
그는 눈물에 젖어 있지만 너는 아름답다,
온통 하루처럼, 조바심처럼!

늙은 얼간이, 그는 무엇 때문에 우는가?
더 행복한 누구라도 본 것인가?
먼지와 폭우에 잠긴 태양처럼
마을들에서 해바라기가 빛을 잃는가?

1917

초원

Степь

고요 속으로 나서던 날들은 얼마나 좋았던가!
바다의 정경처럼 끝이 없는 초원,
나래새[32]가 깊은 숨을 쉬고, 작은 개미들이 바스락거리고,
앵앵대는 모깃소리가 떠다닌다.

연이은 화산, 구름과 일렬로 정렬했던
건초 더미의 불길이 꺼진다.
침묵에 잠기고 축축하게 젖은 한없는 초원,
마음을 뒤흔든다, 이끈다, 재촉한다.

안개가 사방에서 바다가 되어 달려들고,
엉겅퀴 속에서 양말 꽁무니에 매달린다.
초원에서 우리의 방랑은 해변을 걷듯 경이롭다,
마음을 뒤흔든다, 이끈다, 재촉한다.

안개 속에 있는 거 건초 더미 아니야? 누가 알겠어?
우리 무더기 아니야? 가 보자. 맞아.
찾았다! 바로 우리 거네. 사방에
무더기와 안개와 초원이 널렸어.

비스듬히 케르치[33]로 기운 은하수가
길처럼 가축 먼지를 뒤집어썼다.

오막살이들 너머로 가면 숨이 가빠 오리라.
사방이 탁 트였네, 트였어.

안개에 졸음이 몰려오고 나래새가 꿀 같다.
나래새에 전부 흩뿌려진 은하수.
안개가 흩어지고 밤이 사방에서
무더기와 초원을 에워싸리라.

별들이 길 여기저기 떨어뜨려 놓은
어둑한 한밤이 길가에 서 있다.
그러니 우주를 밟지 않고는
길 건너 울타리 너머로 갈 수 없다.

아직 별들이 그토록 낮게 자라고
한밤이 키 큰 풀 속에 깊이 잠긴 시각에,
흠뻑 젖은 모슬린은 활활 타오르며 겁을 내고,
매달리고 꼭 달라붙어 피날레를 갈망했던가?

초원이 우리를 판단케 하고 밤이 결정짓도록 하자.
그렇지, 그렇지 않다면 어찌 태초에
앵앵대는 모깃소리가 떠가고, 작은 개미들이 기어가고,
엉겅퀴들이 얼굴을 내밀고 양말에 달라붙어 댔겠어?

사랑하는 사람아, 그것들을 덮어! 눈이 멀 거야!
온 초원이 타락 이전 같다.
전부 평화에 감싸였고, 전부 낙하산 같다.
전부 솟구치는 환영이다!

1917

무더운 밤
Душная ночь

부슬비가 내렸지만, 폭풍우의 자루 속에서
풀들도 휘지 않았다.
먼지가 비의 알약을, 조용한 철 가루를
꿀꺽꿀꺽 삼킬 뿐이었다.

마을은 치유를 바라지 않았다.
양귀비가 기절처럼 깊었고,
호밀이 벌겋게 염증이 나서 타올랐고,
단독에 걸려 부어오른 신이 열에 들떠 헛소리를 했다.

고아가 되어 잠 못 이루는
축축한 세계의 황무지에서
신음들이 초소를 버리고 달아났지만,
회오리가 얼굴을 감추고 뒤쫓았다.

비스듬히 내리는 빗방울들이 그들을 뒤쫓아 달아나다
눈이 멀었다. 울타리 곁에서
젖은 가지들이 창백한 바람과 말다툼을 벌였다.
나는 숨을 죽였다. 나에 관한 것이다!

재잘대는 끔찍한 정원,
나는 영원하리라 느꼈다.

덤불과 덧창이 수군대는 동안
나는 아직 거리의 눈에 띄지 않았다.

눈에 띄면 물러날 곳은 없다.
영원히, 영원히 지껄여 댈 것이다.

1917

더욱더 무더운 새벽

Еще более душный рассвет

아침 내내 당신의 창에서
비둘기가 구구 울었다.
물받이에서
축축한 셔츠 소매처럼
나뭇가지들이 파리해졌다.
부슬비가 내렸다. 가벼운 차림으로
먹구름이 먼지 낀 시장을 지나가며
시장 행상 상자 위에서
나의 애수를 흔들었다. 나는
두렵다.
나는 그칠 것을 간청했다.
멈출 것 같았다.
덤불 속 논쟁처럼, 죄수들의 말소리처럼
새벽은 잿빛이었다.

당신의 창밖에서
고원의 빙하처럼
세숫대야와
부서진 노래 조각들이 노호하고,
푹 잔 뺨의 열기와 이마가
화장대에서 뜨거운 유리 속으로
얼음처럼 흘러드는

시각이 오길 나는 간구했다.
그러나 깃발 아래 가는 먹구름이
와글대는 소리 너머 하늘은
외투같이, 먼지 낀
타작 소리같이, 덤불 속
격렬한 논쟁같이 푹 젖은
가루의 고요 속에서
애원을 듣지 못했다.

나는 그들에게 부탁했다.
괴롭히지 마요!
잠을 못 자요.
하지만 가랑비가 내렸고, 먹구름이
이른 아침 농장을 지나가는 신병들처럼
제자리에서 발을 구르며 먼지 낀 시장을 행군했다.
한 시간 이상, 한 세기 이상 발을 질질 끌었다,
오스트리아 포로들처럼,
나직이 쌕쌕거리는 소리같이,
이렇게 쌕쌕거리는 소리같이,
"누이,
물 좀."

1917

무치카프³⁴
Мучкап

영혼이 숨 막힌다. 생각같이
뭔지 모를 담배 색인 먼 땅.
제분소들 옆 어촌의 모습,
하얗게 바랜 그물과 군용 범선들.

통들과 게 집게발들과 쓸데없는 풍차 날개들의
광경으로 괴롭히며, 생선 주둥이의 마지막 광채를
눈물의 과도한 진창으로 덮고서
저기서 무얼 기다리고 있는가?

아, 저기서 시간도 만의 여울 위에서
튕기는 조약돌같이 미끄러져 간다!
오, 가라앉지 않는다, 아니, 아직
저기 있다, 생각처럼 담배의 색.

오늘 나는 그녀를 다시 볼 텐가?
기차 시간까지 실로 한 시간. 물론!
그러나 이 한 시간이 뇌우가 치기 전
바다의 칠흑 같은 권태에 감싸여 있다.

1917

집에서

У себя дома

일곱 언덕[35] 위 열기,
썩어 가는 건초 속 비둘기들.
태양에서 두건이 떨어진다.
수건을 바꾸어
(양동이 바닥에서 젖는다)
둥근 지붕에 감을 때다.

도시에는 수화기 진동판의 왁자지껄한 소리,
꽃밭들과 인형들이 비비는 소리.

커튼을 기워야 한다.
누군가 프리메이슨처럼 돌아다닌다.
산다는 것은 얼마나 졸음에 겨운가!
키스는 불면!

우르릉대는 더러운 도시가
길에서 침대로 떨어진다.
지금은 처음으로
긴 초원 너머로 건강이 불어온다.
숨 막힘의 검은 이름들이
끝이 없다.
별들, 지정석들, 다리들,

잠들 것!

1917

영원히 순간적인 뇌우

Гроза моментальная навек

그러고 나서 여름은
간이역과 작별했다. 모자를 벗고
백 장의 눈부신 기념사진을
밤에 천둥이 찍었다.

라일락 꽃송이가 빛을 잃어 갔다. 그
시각 천둥은 번개를 한 아름
꺾어서 들판에서 사무소에
능숙하게 빛을 던졌다.

사악한 웃음의 물결이
건물 지붕에 가득 퍼지고
세찬 비가 목탄 스케치처럼
온 울타리에 요란하게 달그락거렸을 때,

의식의 붕괴가 깜박이기 시작했다.
이제 대낮같이 환한
정신의 구석들조차
빛에 물들 것 같았다.

1917

사랑하는 사람이여, 끔찍하다! 시인이 사랑할 때는

Любимая, —жуть! Когда любит поэт...

사랑하는 사람이여, 끔찍하다! 시인이 사랑할 때는
들뜬 신이 사랑에 빠진다.
화석의 시대처럼
카오스가 다시 세상으로 기어 나온다.

그의 두 눈이 몇 톤의 안개를 쏟는다.
그는 눈물에 가려 보이지 않는다. 그는 매머드 같다.
그는 유행에 뒤처졌다. 그래선 안 된다는 것을 안다.
세월이 흘러 그는 무식하다.

그는 주위에서 결혼식을 올리는 것을 본다.
술에 취하고 깨어나는 것을 본다.
이 평범한 개구리 알을
잦식하고 나서는 캐비어로 부르는 것을 본다.

바토[36]의 진주의 장난처럼 삶을
담뱃갑[37]으로 교묘하게 감싸는 것을 본다.
당신들이 삶을 구부리고 일그러뜨리는 곳에서,
안락이 씩 웃으며 거짓말하고 아첨하고

당신들이 수벌처럼 비비고 기는 곳에서,
그가 암포라에서 떨어져 나온 바쿠스 신의 여사제처럼

당신들의 누이를 땅에서 일으켜서 이용하리라는
아마 오직 그 이유로 그에게 복수를 가하는 것이다.

그는 안데스의 융해를 키스에 따라 붓고,
밤이 마을에서 하얗게 되어 가는
양들의 울음소리와 부딪칠 때
먼지투성이 별들이 지배하는 초원에 아침을 쏟을 것이다.

오랜 세월 골짜기들이 숨 쉬었던 모든 것과
식물의 성물실의 모든 어둠이
요의 티푸스의 애수 위로 불어오고,
풀숲의 카오스가 될 것이다.

1917

말들을 떨구자

Давай ронять слова

나의 친구여, 유로디비[38]의 말이 타오르도록
누가 명하느냐고 너는 묻는가?

뜰이 호박과 레몬 껍질을 떨구듯
산만하게 마구,
간신히, 간신히, 간신히
말들을 떨구자.

왜 꼭두서니[39]와 레몬이
저렇게 의례적으로
나뭇잎에 뿌려져 있는지
해명할 필요 없다.

누가 가시들을 눈물짓게 하고는
울타리를 거쳐 악보 위로,
블라인드의 수문을 뚫고
책장으로 쏟아졌는지.

누가 문 밖 깔개를
마가목 열매로,
전율하는 이탤릭체의 투명한 예쁜 문양으로
검게 물들였는지.

누가 8월이 위대하라고 명령하는지,
누가 아무것도 하찮게 여기지 않는지,
누가 단풍잎의
장식에 몰두해서

「전도서」의 날들부터[40]
설화석고 깎는 직책을
버리지 않아 왔는지
너는 물을 텐가?

과꽃과 달리아의 9월의
입술들이 고통당하라고,
버들의 작은 잎이
백발의 여인상 기둥들에서
가을 병원의
축축한 묘석들 위로 떨어지라고
누가 명령하는지 너는 물을 텐가?

누가 명령하는지 너는 물을 텐가?
디테일의 전능한 신,
사랑의, 야가일로들과

아드미가들의 전능한 신.[41]

무덤 너머 어둠의 수수께끼가
풀렸는지 나는 모른다.
하지만 삶은 가을의
정적처럼 상세하다.

1917

추신

Послесловие

아니, 내가 당신에게 슬픔을 안긴 게 아니다.
나는 조국의 망각에 값하지 못했다.
이것은 먼지에 뒤덮인 까치밥나무 열매 송이들 속에서처럼
잉크 방울들 위에서 태양이 타올랐던 것이다.

내 생각과 편지의 피 속에서
연지벌레가 번식하기 시작했다.
벌레의 이 자주색은 나와 무관하다.
아니, 내가 당신에게 슬픔을 안긴 게 아니다.

이것은 먼지로 빚어진 저녁이 황토색 꽃가루에
숨이 막혀 헐떡이며 당신에게 키스한 것이다.
이것은 그림자들이 당신의 맥박을 느낀 것이다. 이것은
울타리 밖으로 나온 당신이 들판에 얼굴을 내놓고
어스름과 재와 양귀비에 잠긴
쪽문들의 기름칠을 따라 흐르며 타오른 것이다.

이것은 여름이 전부 작렬하는 햇살에 얼룩진 수하물
표들 속에서 연못을 슬퍼하다가
볼가강의 배 끄는 인부의 가슴을 봉랍으로 봉인하고
당신의 옷과 모자에 불을 지른 것이다.

이것은 당신의 속눈썹이 눈이 부셔 맞붙은 것이다.
이것은 사나운 원판이 담을 들이받아
뿔을 부러뜨리고 울타리를 부순 것이다.
이것은 당신 머리카락 속으로 날아든 루비 같은 서쪽이
산딸기와 마리골드의 진홍빛을 흩뿌리며
윙윙대다가 반 시간 후에 꺼져 가던 것이다.
아니, 내가 아니다. 이것은 당신이다, 당신의 아름다움이다.

1917

4부

주제와 변주(1916-1922)

별들이 질주했다. 곶들이 바다에서 몸을 씻었다.

Мчались звезды. В море мылись мысы...

별들이 질주했다. 곶들이 바다에서 몸을 씻었다.
소금이 눈멀고 있었다. 눈물이 마르고 있었다.
침실들이 어두웠다. 생각들이 질주했고,
스핑크스가 사하라에게 귀를 기울였다.

촛불들이 떠갔다. 콜로서스의 피가
식는 것 같았다. 입술이 사막의
푸른 미소로 덮이고 있었다.
썰물의 시각에 밤이 옅어졌다.

모로코에서 불어오는 산들바람이 바다를 만졌다.
사막의 모래 폭풍이 일고 있었다. 아르한겔스크가 눈 속에서
    코를 골았다.
촛불들이 떠갔다. 「예언자」[42]의 초고가
마르고 있었고, 갠지스에서 하루가 밝아 오고 있었다.

1918

그렇게 될 수도, 달리 될 수도 있다

Может статься так, может иначе...

그렇게 될 수도, 달리 될 수도 있다.
그러나 어느 불행한 시각에
사제보다 더 갑갑하게, 수도원 생활보다 더 캄캄하게
광기가 우리를 덮친다.

매서운 추위. 밤이 창에서 예의상
얼음의 한기를 주시하고 있다.
정령이 털외투를 입고 안락의자에 앉아서
계속 같은 소리를, 늘 같은 소리를 가르랑거린다.

가지의 겉면도, 그의 뺨도,
마룻바닥도, 부지깽이의 그림자도
밤낮으로 끊임없이 죄를 짓던
눈보라의 졸음과 참회의 빛을 띤다.

밤이 고요하다. 맑고 추운 밤,
눈 못 뜬 강아지가 젖을 빨듯
의식하지 못한 전나무 숲의 어둠을 전부 뚫고
말뚝 울타리가 별빛을 마신다.

전나무에서 빗방울이 떨어지는 듯하다. 전나무가 등불을 켠
  듯하다.

밤이 밀랍에 덮인 듯하다.
켜켜이 겹친 전나무 가지에 눈이 눈이 멀고,
나무줄기 구멍 위에 다른 구멍의 실루엣이 놓인다.

이 고요, 이 절정,
전보의 물결의 비가(悲歌)는 아마
"응답해!"라는 외침을 대신한 기다림,
아니면 다른 정적의 메아리.

이 침엽들과 가지들의 시선은 말을 못 하는 듯하다.
절정에 있는 다른 시선은 귀먹은 듯하다.
미끄러운 비탈길에서 번쩍이는 빛은
누군가 어어이 하고 부르며 호소하는 소리에 대한 응답.

매서운 추위. 밤이 장에서 예의상
얼음의 한기를 주시하고 있다.
정령이 털외투를 입고 안락의자에 앉아서
계속 같은 소리를, 늘 같은 소리를 가르랑거린다.

입술, 입술! 그는 피가 나도록 입술을 꽉 눌렀다,
그는 얼굴을 감싸고 떤다.
추측의 회오리가 전기 작가 속에

백묵같이 죽은 이 모티프를 낳을 것이다.

1918

1919년 1월

Январь 1919 года

그해! 얼마나 자주 창가에서
묵은해가 내게 속삭였던가. "뛰어나와."
이 새해는 디킨스의 성탄절 동화로
모든 것을 쫓아 버렸다.

"잊어, 떨쳐 버려!" 새해가 속삭이며
묵은해가 스트리크닌[43]을 선물하고
청산가리 병 속에 떨어진 꼭 그대로
태양과 함께 온도계 속에서 기지개를 켠다.

새해가 노을로, 손으로,
머리카락의 게으른 흩날림으로
철학자에게서 얼듯 창 너머
새에게서, 지붕에게서 평온을 구했다.

실로 새해가 빛줄기가 되어 와서
보도와 순종적인 눈과 함께 누웠다.
그는 흥분에 들떠 무례하다,
그는 소란을 떨며 참지 말고 실컷 마시라고 청한다.

그는 정신이 나갔다. 그가
마당의 소란을 들여와서 어쩔 도리가 없다.

눈이 치유하지 못할 애수는
세상에 없다.

1919

나를 막아 봐, 해 봐. 와, 토리첼리의 공허 안에 든 수은같이

Помешай мне, попробуй. Приди, покусись потушить...

나를 막아 봐, 해 봐. 토리첼리[44]의 공허 안에 든 수은같이
오늘 울리는 이 슬픔의 북받침을 와서 꺼 봐.
광기여, 내게 금지해, 오, 와, 해 봐!
내가 너에 대해 떠들어 대지 못하게 막아! 창피해하지 마,
    우리 단둘이야.
오, 꺼, 제발 꺼! 더 뜨겁게!

1918

실망했어? 백조의 레퀴엠에 맞춰 우리가

Разочаровалась? Ты думала— в мире нам...

실망했어? 백조의 레퀴엠에 맞춰 우리가
평화로이 헤어질 거라 생각했어?
눈물이 그득 고여 커진 눈동자의
불패를 재며 슬픔을 기대했어?

미사에서 세바스찬의 입술 연주에 전율하다가[45]
둥근 천장들에서 벽화가 쏟아져 버렸으면.
그러나 오늘 밤부터 나의 증오는 모든 것에서
장황함을 보니 채찍이 없는 것이 유감이다.

어둠 속에서 나의 증오는 꾸물대는 망설임 없이
일순간 마음을 가라앉히며 다 갈아엎으리라고 결심했다.
그럴 때라고. 자살은 필요치 않다고,
이것조차도 거북이 걸음이라고.

1918

94

전율하는 피아노가 입술에서 거품을 핥아 낼 것이다

Рояль дрожащий пену с губ оближет...

전율하는 피아노가 입술에서 거품을 핥아 낼 것이다.
너를 떼어 낼 것이다, 이 헛소리를 벨 것이다.
"자기!" 너는 속삭일 테지. "아니!" 나는 소리칠 것이다.
　"아니!"
"음악에 맞춰?!" 그러나 일기처럼 화음들을

1년치씩 뭉텅뭉텅 벽난로에 던져 넣는데
어스름 속보다 더 가까워질 곳이 어딘가?
오, 놀라운 이해, 끄덕여라,
끄덕여라, 그러면 너는 놀랄 것이다! 너는 자유롭다.

나는 붙잡지 않는다. 가라, 자선을 베풀어라.
다른 사람들에게로 가라. 베르테르[46]는 이미 씌어 있다.
요즘은 대기도 죽음의 냄새를 풍긴다.
창문 열듯 혈관을 연다.

1918

그렇게 시작한다. 2년쯤

Так начинают. Года в два...

그렇게 시작한다. 2년쯤
유모의 품에서 무수한 곡조 속으로 종종걸음 친다.
짹짹대고 삑삑댄다. 말은
3년째에 나타난다.

그렇게 이해하기 시작한다.
가동된 터빈의 소음 속에서
어머니가 어머니가 아닌 것 같다.
네가 네가 아닌 것 같고, 집이 타지 같다.

과연 아이들을 훔칠 수 없다면,
벤치에 걸터앉은 라일락의
무시무시한 아름다움이 무슨 소용인가?
그렇게 의심이 생겨난다.

그렇게 공포가 무르익는다. 그가 파우스트일 때,
공상가일 때, 어떻게 그는
닿을 수 없는 별을 참을 수 있는가?
그렇게 집시의 삶이 시작된다.

그렇게 한숨같이 느닷없는 바다가
집이 있어야 할 울타리 위로

솟구치며 열린다.
그렇게 얌브[47]가 시작될 것이다.

그렇게 여름밤이 "이루어져라" 하고
기원하며 귀리 속에 엎드려 쓰러져
네 눈동자로 노을을 위협하고,
그렇게 태양과의 다툼을 기도한다.

그렇게 시로 살기 시작한다.

1921

우리는 적다. 아마 우리는

Нас мало. Нас, может быть, трое...

우리는 적다. 아마 우리는
비와 구름과 병사 소비에트와
시의, 그리고 교통과 예술에 관한 논쟁의
질주하는 잿빛 껍질 아래 갇힌,
도네츠크 석탄처럼 불타는
지옥 같은 세 사람.[48]

우리는 사람이었다. 이제 우리는 시대다.
우리는 무리지어 탄수차의 한숨과
피스톤과 침목의 발작 아래 울부짖는
툰드라처럼 맹렬히 끌려간다.
한 무리로 날아들어 습격할 것이다,
까마귀의 회오리가 되어 빙빙 돌 것이다,

그러고는 떠날 것이다! 너희는 늦게 이해할 것이다.
그렇게 아침에 짚 더미를
한순간 맹렬하게 치고서,
바람의 흔적은 지붕을 잇는 널빤지 위
나무들이 격렬하게 벌이는 집회의
대화들 속에서 산다.

1921

촛불을 끈 거리에서

Косых картин, летящих ливмя...

촛불을 끈 거리에서
억수같이 날아오는 기울어진 그림들에게
나는 갈고리들과 벽들에서 압운에게로 날아가서
박자를 맞추어 떨어지는 버릇을 그만두게 할 수 없다.

우주가 가면을 쓰고 있으면 어쩌나?
겨울에 대비해 접합제로 입을
막으라는 요청에 응하지 않을
광활한 공간이 없으면 어쩌나?

하지만 노래해야 할 이유가 있을 때,
폭우에게 동기가 있을 때,
사물들은 제 가면을 찢는다,
권위를 잃는다, 명예를 떨군다.

1922

그럴지어다

Да будет

새벽이 촛불을 펄럭일 것이다,
칼새에 불을 붙여 표적을 쏠 것이다.
나는 상기가 되어 날아들 것이다.
그렇게 삶이 생기로울지어다!

어둠을 뚫는 탄환 같은 노을.
빵! 화약 마개 뭉치의 불길이
날아가다 불꽃을 튀기며 꺼진다.
그렇게 삶이 생기로울지어다.

밖에는 다시 밤에 벌벌 떨며
우리에게 달라붙던 산들바람.
새벽에 비가 내려 그는 덜덜 떨었다.
그렇게 삶이 생기로울지어다.

그는 놀랍도록 우습다!
뭐하러 파수꾼 무리를 파고들었을까?
그는 출입 금지 표지를 보았다.
그렇게 삶이 생기로울지어다.

명해라, 스카프를
흔드는 동안에, 네가 군림하는 동안에,

지금 우리가 아직 어둠 속에 있는 동안에,
불길이 아직 꺼지지 않은 동안에.

1919

봄, 백양나무가 깜짝 놀란

Весна, я с улицы, где тополь удивлен...

봄, 백양나무가 깜짝 놀란,
저 먼 곳이 당혹해하는, 집이 쓰러질까 겁내는,
병원에서 퇴원한 사람이 든 빨래 보따리처럼
대기가 시퍼런 거리에서 나는 온다.

표정을 잃은 바닥 모를
수천의 소란스러운 눈이 당혹스럽게도,
별이 이어 가지 않고 내버려 둔 끊어진 이야기처럼
저녁이 텅 빈 거리에서 나는 온다.

1918

시

Поэзия

시여, 나는 너의 이름을 걸고
목이 쉬도록 맹세할 것이다.
너는 달콤한 가수의 자세가 아니다,
너는 삼등칸에 자리를 가진 여름이다,
너는 후렴이 아니라 교외다.

너는 5월처럼 후텁지근한 얌스카야 거리[49]고,
구름들이 신음을 토하며
뿔뿔이 흩어져 해산하는
셰바르디노의 밤의 보루[50]다.

얽힌 철로 속에서 둘로 나뉘어,
반복구가 아니라 근교다,
그들은 어안이 벙벙한 듯 노래하지 않고
역들에서 자기 집으로 기어간다.

소나기 가지들이 뭉키어 진흙탕을 뒹굴고,
오래, 오래, 노을이 질 때까지
운에 맞춰 기포를 뿜으며
지붕들에서 제 아크로스틱[51]을 서툴게 써 내린다.

시여, 수도꼭지 밑에서

양철통같이 공허한 뻔한 소리가 날 때,
그때도 흐름은 보존되어 있다,
공책이 밑에 놓여 있다, 흘러나와라!

1922

수수께끼의 은밀한 손톱이 여길 거닐었다
Здесь прошелся загадки таинственный ноготь...

수수께끼의 은밀한 손톱이 여길 거닐었다.
늦었다. 푹 자고 새벽에 다시 읽으면 깨달으리라.
나를 깨울 때까지는 실로 나만큼
사랑하는 여인을 감동시킬 이가 아무도 없으리라.

내가 널 얼마나 감동시켰던가! 관객이 비극에 감동받듯
심지어 내 입술의 구리에도 너는 전율했다.
키스는 여름 같았다. 꾸물대며 가실 줄을 몰랐다.
나중에야 뇌우가 쏟아졌다.

나는 새들처럼 마셨다. 기절할 때까지 빨아들였다.
별들이 오래 목을 타고 식도로 흘러든다,
나이팅게일들은 넓은 밤하늘의 물기를 한 방울씩 말리다
몸서리가 나서 눈을 치켜뜬다.

1910

5부

제2의 탄생(1930-1931)

물결

Волны

여기 모든 것이 있으리라. 겪은 것과
나를 아직 살아 있게 하는 것,
내 염원과 버팀목,
그리고 실제로 본 것.

내 앞에 있는 바다의 물결.
그들은 많다. 헤아릴 수 없다.
그들의 무리. 그들이 구슬프게 소란을 떤다.
밀려오는 파도가 와플 굽듯 그들을 굽는다.

온통 양 떼가 짓밟고 다닌 듯한 기슭.
그들의 무리, 하늘이 그들을 내몰았다.
하늘이 그들을 떼로 방목하고
언덕 너머에 배를 깔고 누웠다.

내 행동들이, 경험의 가리비들이
통 모양으로 말리며 떼 지어
내 애수의 전속력으로
내게 달려온다.

그들의 무리, 그들은 짐작할 수 없이 많다.
그들의 의미는 지금껏 아직 충만하지 않았다.

그러나 물결의 거품이 바다의 노래를 감싸듯
그들의 교체가 모든 것을 감쌌다.
(……)

집으로, 슬픔을 불러일으키는 아파트의
광대함 속으로 돌아가고 싶다.
들어가리라, 외투를 벗으리라, 정신을 가다듬으리라,
거리의 불빛으로 환해지리라.

칸막이들의 가는 늑골을
관통하리라, 빛처럼 통과하리라.
형상이 형상 속으로 들어가듯,
물체가 물체를 베듯 관통하리라.

시절의 약속에 뿌리내리는
과제가 평생에 걸쳐 있음이
정적인 삶이라 불린다 해도,
그런 삶이, 그녀가 애틋하다.

나무들과 집들이 다시
선율의 익숙함을 풍기리라.

다시 오른쪽으로 왼쪽으로
거울이 살림을 하러 가리라.

다시 저녁 무렵 산책에서
어둠이, 우연히 정열이 닥치리라.
자기 이익을 놓칠 얼간이 짓을 하지 않도록
다시 골목들을 가르치리라.

다시 하늘에서 뇌물들이 쏟아지리라,
다시 아침 무렵 회오리가
피고인 수십 그루 사시나무를
눈 더미들의 천으로 덮어 숨기리라.

모스크바여, 네가 기어가고, 연기를 뿜고,
일어나 정렬히는 것을
다시 나는 야윈 심장 근육으로
듣고 말로 표현하리라.

네가 시구로 나를 읊고
실화로 나를 암기할
저 미래의 광기를 위해
나는 너를 마구(馬具)로 받아들이리라.

여기에 평안 속에 깃든 산들의 모습이 있을 것이다.
침묵의 기만, 개천 속의 우르릉 소리.
그들의 고요. 첫 랑데부의
억눌린 강한 흥분.

날이 밝아 왔다. 블라디캅카스[52] 너머에서
무언가가 거무스름하게 보였다. 힘겹게
구름이 가고 있었다. 새벽은 단번에 오지 않았다.
밝아 왔지만 동은 트지 않았다.

몇몇 곳이 배짱을 부리며
멍에를 벗어던지려 애쓰고 있었지만,
약 6베르스타[53]에 걸쳐 하늘을 휘감은
어둠의 무게가 느껴지고 있었다.

거기에서 어떤 꿈이 풍겨 왔다.
페치카 속에 진흙으로 발라 놓은 큰 솥같이,
점토 냄비에 중독된 음식 안에서
다게스탄[54]이 김을 뿜고 있었다.

다게스탄은 자기 꼭대기들을 우리에게 굴렸고,
위부터 발까지 시커먼 채로
단검 부딪치는 소리가 아니라 빗속으로
자동차를 맞으려고 기를 썼다.

산에서 소농이 일었다.
거인들이 연이어,
갈수록 더 사악하고 더 멋지게
계곡에서 나가는 출구를 짓눌렀다.

(……)

칸카스가 전부 손비다 위에 놓인 것 같고
전부 흐트러진 침상 같았다.
데워진 벼랑의 온기보다 더 바닥없이
산머리의 얼음이 푸르렀다.

안개가 끼어 마음이 편치 않은
그는 기관총처럼 정확하게,
총격전의 일제사격처럼

얼음덩어리들의 적의를 일으켰다.

땅을 점령하던 작업반의 눈길로
이 아름다움을 꼼짝 않고 바라보다가
그런 장애물들의 일목요연함에
나는 얼마나 질투를 느꼈던가!

오, 우리에게도 그런 경우라면,
우리의 날, 우리의 기본 계획이
안개를 뚫듯 시대로부터
그런 벼랑이 되어 우리를 바라보았더라면!

내 앞에서 밤낮으로
그의 뒤꿈치가 나아갔으면,
그가 내 예언의 비를
제 산등성이 기슭으로 구겼으면.

누구와도 서로 물어뜯을 필요가 없을 것을.
나는 누구의 의심도 받지 않고
엉터리 시인의 삶 대신
서사시 자체의 삶을 살고 싶어라.

사회주의의 저 먼 곳이여, 너는 곁에 있다.
너는 말할 테지. 가깝다고? 삶의 이름으로
우리가 함께 모인 군집 가운데에서
그러나 오직 너만 건너가라.

험담과 비방 밖의 나라여,
빛으로의 출구처럼, 바다로의 출구처럼,
플레티[55]에서 그루지야로의 출구처럼,
너는 이론의 연기를 뚫고 흐릿하게 보인다.

너는 푸티블[56]에서 여성들이 이제부터 더 이상
뻐꾸기처럼 울지 않는 땅이다.[57]
내가 긴걱으로 그들을 행복하게 히는,
진실이 눈길을 돌릴 필요가 없는 땅이다.

이 두 여인이 나란히 숨 쉬고,
정열의 갈고리가 삐걱거리지 않으며
부모와 아이들의 불행에
파편을 남겨 주지 않는 땅이다.

내가 삶을 바꾸어 존재에게서
거스름을 받지 않는,
내가 소비하는 만큼의 가치만 가지고
내가 아는 것은 다 소비하는 땅이다.

무너질 수 없는 새로움을
뒤쫓아 보내진 목소리가
내 아이의 즐거움으로
미래로부터 내게 메아리치는 땅이다.

여기 모든 것이 있으리라. 예견 속에,
그리고 실제로 겪은 것,
내게 과분한 사람들도,
그들 가운데 내 평판을 이루는 것도.

이 범주들의 소란 속에
하얀 코불레티[58] 해안가
아드자리아[59] 산기슭의 숲이
으뜸가는 대구를 차지하리라.

너는 아직 여기 있다. 내가 지금 어디 있고,
5년이 지나면 어디에 있을지 나는 들었다.
부질없이 혀를 놀리기보다
휴양지 문화회관에서 너를 만났으면.

크고 대담한 친족인 네가
학령기가 지난 개미에게서
경계에 이른 인간에 대해
듣고 젊어졌으면.

큰 시인들의 경험 속에는
꾸밈없음의 자질이 있어,
그것을 맛보고는 완전한 침묵으로
끝내지 않을 도리가 없다.

존재하는 모든 것과의 친족 관계를 확신하고
미래의 생활과 알고 지낼 때는,
이단에 빠지듯, 전례 없는 단순성에
빠지지 않을 수 없다.

그러나 단순성을 감추지 않으면
우리는 화를 피하지 못하리라.

단순성은 무엇보다 사람들에게 필요하지만,
그들에게는 복잡한 것이 더 쉽다.

(……)

1931

여름

Лето

이르펜,[60] 이것은 사람들과 여름에 관한,
자유에 관한, 속박으로부터의 도주에 관한,
무더위 속 솔잎에 관한, 회색 비단향꽃무와
바람 없는 날씨와 갠 날씨와 안개의 교대에 관한 기억이다.

하얀 버베나에 관한, 송진의
떫은 끈기에 관한 기억이다.
내 칭찬과 찬양이, 내 찬미가, 내 칭찬이
부족한 친구들에 관한 기억이다.

날카로운 꾀꼬리들의 외침과 출현이
중국 무명[61]과 숯으로 몸통을 노랗게 물들였다.
그러나 소나무들은 나태에 젖어 잎을 움직이지 않고
구석을 다람쥐들과 딱따구리들에게 세를 주었다.

장롱들이 눅눅해졌고, 날씨의 교체를
청개구리가 작은 가지에서 예언하고 있었다.
다람쥐가 입구 곁에는 후투티를 살게 했고,
아이들을 위해 페치카 뒤에는 귀뚜라미를 들였다.

집회의 날들에 여자 여섯이 풀밭을 짓밟았다.
멀리서 구름들이 느릿느릿 풀을 뜯었다.

어둑해지자 땅거미의 교묘한 기동이
불타는 우엉을 어스름과,
이르펜 여인들의 뿌리박은 그림자를 땅과,
줄무늬 치마의 불길을 하늘과 만나게 했다.

어둑해지자 지평선의 울타리가
광활한 공간을 무릎 꿇게 하며 반원을 닫았다.
먼 번갯불들이 사슴뿔을 들어 올리며
건초에서 일어나, 집에 왔지만
불한당 때문에 걸쇠로 문을 잠그던
여자 친구들의 손에서 먹이를 받아먹었다.

마지막에 떠나기 전, 미친 더위 속에서
나는 떨어진 나뭇잎 무더기를 밟으며
발진이 나서 오므라든 입술 같은 하늘에서
채 다하지 못한 말의 자국을 소매로 벗겼다.

그때까지 알락해오라기 울음으로 울부짖던 가을이
목청을 가다듬었다. 우리는
아주 오래된 원형의 향연에 우리가 있음을,
페스트가 일 때의 플라톤의 향연[62]에 있음을 깨달았다.

도대체 이 슬픔이 어디에서 오는가, 디오디마[63]여?
어떤 보증으로 망각을 끊어야 하는가?
황량한 어둠에서 심장의 거리들로!
문을 활짝 열어젖혀라! 나의 구원인 우정을 위해!

하프 연주자 메리[64]의 간책인가,
아마 불멸의 마지막 담보일
아라비아의 폭풍이 운명의 유희가 되어
그녀의 손 밑에 누워 하프로 소란을 떠는 것은.

1930

안달하지 마, 울지 마, 바닥난 힘을
Не волнуйся, не плачь, не труди...

안달하지 마, 울지 마, 바닥난 힘을
쥐어짜서 공연히 가슴을 괴롭히지 마.
넌 살아 있어, 내 안에, 내 가슴에 있어,
지주로, 벗으로, 그리고 우연으로.

미래에 대한 믿음이 있으니 난
네게 사기꾼으로 비쳐도 괜찮아.
우린 삶이 아니야, 영혼의 결합이 아니야.
서로에 대한 기만의 가지를 쳐 내는 거야.

지푸라기 침상이 안긴 티푸스의 애수를 떠나
저 광활한 공간의 모범적인 대기로!
대기는 나의 형제이자 손. 편지처럼
널 향해 있어.

편지를 찢듯 대기를 좍 찢어,
지평선과 편지를 주고받아,
탈진과 싸워 이겨 내,
알프스의 말로 대화를 시작해.

바이에른 호수들의 접시 위에서
굵은 뼈 같은 산들의 골수와 함께 넌

내가 적당히 아름답고 달콤한 말을
늘어놓는 사람이 아님을 납득할 거야.

잘 가라. 잘 가. 우리의 관계,
우리의 명예는 집 지붕 아래 있지 않아.
싹처럼 빛을 향해 몸을 펴며 넌
모든 걸 달리 바라볼 거야.

1931

다른 여인들을 향한 사랑은 힘겨운 십자가

Любить иных— тяжелый крест...

다른 여인들을 향한 사랑은 힘겨운 십자가,
하지만 넌 굴곡 없이 아름답고,
네 매력의 비밀은
삶의 해명에 맞먹는다.

봄이면 꿈이 바스락대고
새로움과 진실이 사각대는 소리가 들린다.
너는 그런 근본을 가진 가정 출신.
네 뜻은 대기처럼 청렴하다.

쉽게 잠에서 깨 눈을 뜨고,
쉽게 가슴에서 말의 티끌을 털어 내고
앞으로는 더럽히지 않으며 쉽게 산다.
이 모든 것이 대단한 꾀가 아니다.

1931

계속 눈, 또 눈, 참으면 그만이지

Всё снег да снег,— терпи и точка...

계속 눈, 또 눈, 참으면 그만이지.
분명 지금쯤이면 비가 뿌려서
쓴 백양나무 싹으로
내 여인의 소박한 식탁에 풍미를 냈어야 하는데.

황혼이 향모[65]로 담근 보드카를 뚝뚝 흘리고,
스프에 딜을 잘게 썰어 넣었어야 하는데,
외국어 단어표의 천둥으로, 소나기의 라틴어로
술잔의 귀를 멍하게 했어야 하는데.[66]

멍청이의 뒷덜미를 때렸어야 하는데,
우리는 그때 귀가 먹었을 테지만,
병을 따듯 곰팡이가 핀 창의
마개를 땄어야 하는데,

그래서 시끌벅적한 소리가 들려왔어야 하는데.
"소나기가 빌어먹을 곳으로 멀리
사라졌어……." 그리고 태양이 상추에
아스팔트 기름을 뿌렸어야 하는데.

용수철이 없어 덜커덕거리는
일리야[67]의 네 마리 말이 끄는 마차를 뒤쫓아

내 송아지의 환희가, 네 송아지의 다정이
달려갔어야 하는데.

1931

죽음의 안개

Мертвецкая мгла

죽음의 안개,
갓돌에 닿을 정도로
도랑들 속에는 익사한
지붕들의 시체.

웅덩이들의 영안실 속
부속 건물들의 창틀과
방들의 황토,
강을 이룬 웅덩이들.

웅덩이 속 마차꾼들,
흩어지는 드로시키[68]들,
하늘의 짐마차 끄는 말이
재갈 물려 있다.

덤불 속 물방울들,
먹구름에 덮인 거리,
새들의 지저귐,
가지의 싹눈들.

그들 모두, 모두가
나와 함께 나서서

황량한 자갈길을 거쳐
가로등이 잠든,

먼 곳이 낯선 곳 같은,
노을이 지면 피리새들이
먼 곳을 귀먹게 하는
얌스코예 폴례⁶⁹로 간다.

다시 몇 푼에
땅들이 소심하게
위대한 일을
조용히 벌인다.

1931

황혼 외에는 아무도

Никого не будет в доме...

황혼 외에는 아무도
집에 없으리라. 겨울
어느 하루가 치지 않은 커튼
틈새를 서성인다.

하얗고 축축한 뭉치들이
빠르게 휘돌며 번득일 뿐.
지붕들뿐, 눈뿐, 지붕과
눈 외에는 아무도 없다.

성에가 다시 선을 그으리라,
지난해의 우울과
다른 겨울의 일들이
다시 나를 휘돌리리라.

지금까지 용서되지 못한
죄로 다시 찌르리라,
장작의 허기가 십자 틀을 따라
창문을 짓누르리라.

하지만 느닷없이 문 커튼을 따라
침입의 전율이 달려가리라.

고요를 걸음으로 재며
네가 미래처럼 들어오리라.

수수한 어떤 하얀 옷을 입고,
바로 눈송이들을 짓는 천으로
지은 어떤 옷을 입고
네가 문가에 나타나리라.

1931

너는 여기 있다, 우리는 한 대기 속에 있다

Ты здесь, мы в воздухе одном...

너는 여기 있다, 우리는 한 대기 속에 있다.
너의 있음은 도시 같다,
불볕의 더위에 휩싸인,
잠들지 않고 자고 있는,

짓누르는 잠에 굴복하지 않은,
땀에 젖은 명주 옷깃 같은
벽돌들을 목에서 뜯어내는,
이제 막 극복한 장애물들로 인해

잎들이 땀을 흘린,
백양나무들이 녹초가 되어
정복된 포도 위에 떼 지어 모이는,
창 너머 고요한 키예프 같다.

네 전부는 이 드네프르[70]가
도랑들과 오솔길들의 초록 껍질 안에 있다는 생각 같다,
우리의 일상의 기록을 위한
땅속의 고소장 같다.

너의 있음은 한낮을 붙잡고
어서 앉으라는,

한낮을 기초부터 죽 읽으며
그 속에 너의 이웃함을 적어 넣으라는 요청 같다.

1931

무대에 설 준비를 했을 때[71]

O, знал бы я, что так бывает...

무대에 설 준비를 했을 때,
오, 그렇다는 것을, 피 묻은 시구들이
죽이곤 한다는 것을, 목을 졸라
죽이리라는 것을 내가 알았더라면!

이런 내막을 가진 장난을
나는 단호히 거절했을 것을.
시작은 그토록 멀었고,
첫 관심은 그토록 소심했다.

그러나 노년, 이것은
허황된 이야기를 대신해서
리허설이 아닌 진정 완전한 파멸을
배우에게 요구하는 로마다.

감정이 시구를 받아쓰게 하며
노예를 무대로 보낸다.
그때 예술은 끝나고,
토양과 운명이 숨 쉰다.

1932

모든 시대에 이리저리 꽁무니 빼던[72]

Когда я устаю от пустозвонства...

모든 시대에 이리저리 꽁무니 빼던
아첨꾼들의 헛된 말에 지칠 때,
나는 드리운 햇살 아래 꾼 꿈 같은
삶을 기억해 내고 그 얼굴을 들여다보고 싶다.

요청받지 않은 그 삶은 우선
일어난 모든 것 속에 큰 원칙들의 취향을 들여왔다.
나는 그것들을 선택하지 않았고, 문제는 신경에 있는 것이
　　아니다.
내가 그것들을 갈망하지 않았지만 예상했다는 데 있다.

이 건설 계획의 해들,
다시 겨울, 그리고 이제 네 번째 해.
스베틀라나 램프[73] 불빛 같은 두 여인이
그 무거운 짐 가운데에서 타오르며 빛난다.

우리는 미래에 있다, 이 날들에 살던
모두처럼 나는 그들에게 되풀이한다. 불구가 되어도
괜찮다. 계획의 마차로
새로운 인간이 우리를 친 것이다.

알약 한 알이 죽음에서 구하지 못할 때

시간은 두 번째 5개년 계획이
영혼의 테제들을 가닿게 하는 저 먼 곳으로
그만큼 더 자유롭게 달려갈 것이다.

그때에는 스스로를 죽이지 말라, 비통해하지 말라,
그대들 안에 머물 것임을 내 모든 연약함으로 맹세하노라.
우리를 제압한 마지막 역병들의
근절을 강한 인간들이 약속했다.

1931

4월 30일 봄날은[74]
Весенний день тридцатого апреля...

4월 30일 봄날은
새벽부터 아이들에게 몰두한다.
넋이 빠져 목걸이를 맞춰 보다가
노을이 질 무렵 겨우 진정된다.

무명천에 덮인 으깬 열매 더미 같은
도시가 모슬린 밑에서 떠오른다.
가로수 길들이 키 작은 여자 난쟁이의 대오처럼
거리를 따라 제 땅거미를 끌고 간다.

저녁의 세상은 늘 전야의 꽃봉오리다.
그러나 이 저녁의 세상에게는 특별한 싹이 있다.
그것은 많은 노동절 기념일들의 이종 교배 속에서
언젠가 코뮌으로 활짝 피어날 것이다.

그것은 오래도록 변화의 날일 것이다.
그것 이전에 성령강림절의 자작나무들이 그랬듯이,
그것들 이전에 범아테네의 불길들이 그랬듯이,
축제를 앞둔 청소와 기획의 날일 것이다.

여전히 그렇게 부드러운 모래를 칠 것이고,
다채로운 칠로 장식된 횡목 위에

붉은 무명과 널빤지를 끌어올 것이다. 여전히 그렇게
집회장들에 여배우들을 실어 나를 것이다.

공원마다 수병들이 셋씩
잔디 주위를 돌며 힘차게 거닐 것이다.
죽은 도시와 차갑게 식은 화로 같은 달이
해 질 녘 거리들에 스며들 것이다.

그러나 매년 기념일마다 장미의 단단한 첫 봉오리는
더더욱 풍성하게 피어날 것이다,
건강이 더더욱 분명하게 증가할 것이다,
정직과 명예가 더더욱 눈에 띄게 드러날 것이다.

생생한 풍습과 숙련된 기술과 노래들이
5월 첫날, 더더욱 널리,
더더욱 흐드러지게 초원과 들판과
산업에 내려앉을 것이다.

젖은 센티폴리아 향기같이 뿜어져 나올 때까지,
들리게 표현될 때까지,
무르익은 세월의 발효된 정신은
부득이 스스로를 드러내야 한다.

1931

백 년하고도 몇 년, 어제가 아니다[75]

Столетье с лишним— не вчера...

백 년하고도 몇 년, 어제가 아니다.
하지만 예전의 권력이
영광과 선에 대한 희망 속에서
두려움 없이 사태를 바라보려는 유혹에 빠져 있다.

짧은 생애 속에서
멋 부리며 우쭐대는 애송이와 달리,
모두와 함께, 법질서와도 함께
수고를 원하고픈 유혹에 처해 있다.

지적 태만과 마주치면 그 즉시
똑같이 마주하는 막다른 골목,
똑같이 책에서 발췌한 내용들,
똑같은 시대의 병치.

그러나 지금만은 날의 위대함으로
비교를 달리하며 말할 때다.
표트르의 영광스러운 시대의 시작이
반란과 처형의 어둠으로 얼룩졌노라고.

그런즉 두려움에 떨지 말고
평행을 위안 삼아 앞으로 나아가라.

네가 유골이 아니라 목숨이 붙어 있는 동안은,
널 애도할 때까지는.

1931

6부

이른 기차를 타고(1936-1944)

그가 일어선다. 세기들. 겔라티 수도원

Он встает. Века. Гелаты...

그가 일어선다. 세기들, 겔라티 수도원.[76]
어디선가 횃불이 타오른다.
누가 그에 뒤이어 챙이 뾰족한 모자의
행렬을 재판소로 인도했는가?

또 새로운 세기들. 다른 세기들.
그다음에 올 세기들. 그가
아직 고집 센 그 세기들의 두 귀에
염원에 잠겨 속삭인다.

"그대들 사이에서의 내 삶은 수필이 아니다.
숨이 막힐 지경이다.
시간이 비평의 말빗들에게서
내 필체를 지킬 것이다.

과연 우리의 시대로 들어가는 입구는 막혔는가?
그것이 요새여도, 사원이어도,
말에 박차를 가해 입구와 대면하리라.
고삐를 당겨 말을 문 앞에 세우리라.

나는 떠돌이 악사도 이야기꾼도 아니다.
군영이여, 너를

운명의 정점에서 살필 수 있도록
나는 말을 뒷발로 솟구치게 했다.

고삐를 당기자마자
나는 아직 어둠 속에 누워 있는
네 길들의 광활함 속으로
무턱대고 질주해 간다.

뇌우처럼, 가는 길에 삶과 우연을,
죽음과 정열을 아우르며
너는 전설이 되어 영원 속으로 흘러가기 위해
지성들과 땅들을 통과하리라.

네 행군이 지역을 바꾸리라.
말 못 함을 씻어 내며
네 편자의 주철 아래로
말의 파도들이 밀려들리라.

가는 길에 있는 도시의 지붕들이,
오두막마다 현관이,
문지방 곁 백양나무 하나하나가
네 얼굴을 알게 되리라."

1936

144

여름날

Летний день

우리 마을에서 봄에는 노을이 지도록
텃밭에 모닥불,
다산의 축제의
이교 제단들.

불길이 사그라지는 미개간지가
이른 아침 김을 뿜고,
페치카에 붙은 뜨거운 침대처럼
온 땅이 벌겋게 달아올라 있네.

나는 흙일을 하며
루바시카를 벗어 던지리.
그러면 열기가 내 등을 치고
점토처럼 구울 테지.

가장 양지바른 곳에 서겠네.
거기서 실눈을 뜨고
머리부터 발끝까지
항아리 유약에 덮일 거야.

밤은 내 다락방에 들어와
현관으로 몸을 쑥 내밀고

항아리처럼 나를
물과 라일락으로 가득 채울 테지.

밤이 차가워진 벽들에서
겉켜를 씻어 내서
누구든 이곳 토박이인
한 여인에게 줄 거야.

돋아난 새싹이
칠한 장롱 위에
잘 자리를 보며
자유를 향해 기지개를 켜겠지.

1940, 1942

소나무

Сосны

봉선화 사이, 데이지와 금매화 사이
풀숲에 우리는
두 팔을 뒤로 뻗고 고개는
하늘을 향해 쳐들고 누워 있네.

소나무 숲 빈터에 있는 풀은
헤쳐 나갈 수 없이 무성하네.
우리는 서로 바라보고 다시
자세와 자리를 바꾸네.

여기, 잠시 불멸인 우리는
소나무의 반열에 속해
질병과 전염병과
죽음에서 해방되어 있네.

연고처럼 짙푸른 하늘이
일부러 단조롭게
얼룩덜룩 땅에 누우며
소매를 얼룩지게 하네.

작은 개미의 우글거림에 맞춰
레몬과 향 냄새가 섞여

잠이 오게 하는 소나무 향기를 들이마시며
우리는 솔밭의 휴식을 나누네.

푸른 하늘에서 불타는
몸통들의 질주가 너무나 맹렬해서,
우리가 꺾인 머리 밑에서 손을
그토록 오래 빼내지 않을 것이어서,

눈에 들어온 세상이 그토록 광활해서,
모든 것이 너무나 고분고분해서,
소나무 몸통들 뒤 어딘가에서 내내
바다가 내게 어른거리네.

거기서 파도는 이 가지들보다 높고,
바위에서 떨어지며
새우들의 우박을
요동친 바닥에서 퍼붓는다네.

저녁이면 코르크 부표들 위에서
노을이 견인선에 손을 뻗고
생선 기름과 호박의
자욱한 안개로 빛나네.

황혼이 깃들�... 날이
점차 모든 흔적을
거품의 하얀 마법과
물의 검은 마법 아래 묻는다네.

파도들이 점점 더 소란을 떨며 높아지고,
플로팅 카페에는 군중이
멀리서 분간이 안 되는
포스터가 붙은 기둥 곁에 붐비네.

1941

거짓 경보

Ложная тревога

구유와 나무통,
아침부터 이치에 맞지 않는 일,
비오는 석양,
축축한 저녁.

어둠의 한숨 속에서
삼켜진 눈물,
16베르스타 밖에서 들려오는
증기 기관차의 부름.

뜰과 마당에 깃든
때 이른 어둠,
작은 파손들,
모든 것이 9월 같다.

낮에는 강 건너 묘지에서
들려오는 울부짖음이
구슬픈 노래의 애수로
가을의 광대한 공간을 꿰뚫는다.

과부의 오열이
언덕 너머로 전해질 때,

나는 내 모든 피로 그녀와 함께하며
죽음을 직시한다.

매년 그렇듯,
나는 내 마지막 시절의
연기된 도래를
현관 창으로 본다.

제 길을 치우고
노란 잎들의 공포를 뚫고
언덕에서 겨울이
내 삶을 응시했다.

1941

서리

Иней

낙엽 지는 황량한 때.
마지막 거위들의 떼.
낙담해선 안 된다.
공포의 눈은 거대하다.

바람이 마가목을 어르다가
잠들려는데 놀래도 좋다.
좋은 결말을 가진 동화처럼
창조의 질서는 기만적이다.

너는 내일 잠에서 깨어나
겨울의 매끄러운 들로 나서며
다시 양수장 모퉁이 뒤에
뿌리박힌 것처럼 서 있으리라.

다시 이 하얀 파리들, 지붕들,
성탄절의 할아버지, 굴뚝들,
가장무도회의 어릿광대 차림을 한
귀가 축 처진 숲.

모든 것이 단번에 얼음에 뒤덮여
눈썹까지 파파하[77]를 눌러쓰고

살금살금 다가오는 오소리처럼
가지들에서 엿보고 있다.

너는 의혹에 차서 앞으로 나아간다.
오솔길이 골짜기에 잠겨 든다.
여기에 아치형 천장을 가진 서리의 저택,
문을 꾸민 격자 널빤지.

짙은 눈 커튼 뒤
어떤 오두막의 벽,
길, 작은 숲 언저리,
그리고 새로운 숲이 보인다.

단정히 조각된
상념한 성직은
잠든 무덤 속 공주에 관한
사행시를 닮았다.

마음에 오싹 소름이 끼치게 하던
하얀 죽음의 왕국에게
나는 조용히 속삭인다. "고마워,
넌 청하는 것보다 많이 주고 있어."

1941

153

도시

Город

부엌의 겨울이, 수탉의 울음이,
눈보라가, 얼어붙은 헛간이
결국 우리는 쓴 무보다
더 한층 싫을 수 있다.

숲에서 집으로 가는 길이 없고,
주위에는 눈 더미, 죽음과 잠.
계절이 아니라 파멸이고
시간의 종말인 것 같구나.

미끄러운 계단들에서 얼음은 두들겨도 떨어지지 않고,
우물이 고리들을 이루었다.
이 추위에 도시와 온기 속으로
우리를 끄는 자석의 강렬함이여!

과장이 아니라 겨울에
시골에는 생활이 없는 반면,
도시는 삶의 불완전성에 대한
무관심으로 가득하다.

그는 수천의 희한한 것들을 창조해서
추위가 무섭지 않을 수 있다.

방문하던 영혼들의 모든 어둠으로
그 사신이 환영들처럼 영적이다.

여하튼 역의 막다른 골목에 있는
장작들에게는 그가
한밤의 타오르는 저 먼 곳에서
그런 환영으로 보인다.

소년 시절에 나도 그를 찬미했다.
그의 오만이 나는 좋았다.
그는 수 세기의 삶을 그가 있기 전에는
대충 놓여 있던 초안으로 여겼다.

저녁의 축복 전시회로
그는 별들을 흥네 냈고
내 아잇적 염원 속에서
심지어 하늘의 자리를 차지했다.

1940, 1942

이른 기차를 타고

На ранних поездах

이 겨울 나는 모스크바 근교에서 지내지만,
눈 오고 폭풍이 몰아치는 몹시 추운 날
일이 있어 불가피할 때는
어김없이 도시에 가곤 했다.

지척도 분간할 수 없는 때
나는 길을 나서서
내 삐거덕거리는 걸음을
숲의 어둠에 흩뿌리곤 했다.

황야의 흰 버들이 나를 맞아
교차로에서 일어섰다.
1월의 차가운 구멍 속에서
성좌가 세상 위로 높이 치솟았다.

보통 뒤뜰 가에서
우편열차나 40번이
나를 앞지르려 애를 썼지만,
나는 6시 25분 기차에 맞춰 걸음을 옮겼다.

갑자기 빛의 교활한 주름들이
둥근 촉수를 이루었다.

탐조등의 육중한 몸이
정신이 아찔해진 구름다리 위를 질주했다.

객실의 숨 막히는 열기 속에서
젖먹이 때부터 몸에 밴
타고난 연약함의 분출에
나는 완전히 굴복했다.

고난과 전쟁과 궁핍의
세월을 지나오며
침묵 속에서 나는
러시아의 고유한 얼굴을 보았다.

흠모를 넘어 숭배하며
나는 주위를 살폈다.
시골 아낙들과 학생들과
변두리 노동자들이 여기 있었다.

곤궁이 낳는 굴종의 흔적이
그들에게는 없었다.
변화도 새로운 불편도
그들은 주인처럼 감내했다.

아이들과 소년 소녀들이
온갖 다양한 자세로
짐짝처럼 들어차 앉아서
생기로운 대기를 마시듯 책에 빠져 있었다.

때때로 은빛으로 변하던
어둠 속에서 모스크바가 우리를 맞았다.
이중의 빛을 버리며
우리는 지하철에서 나왔다.

후대가 난간으로 밀치고
걸어가며 신선한 귀룽나무
비누와 꿀을 뿌린
당밀 과자를 퍼부었다.

1941

다시 봄

기차가 떠났다. 둑이 걷다.
어둠 속 어디에서 나의 길을 찾을 텐가?
겨우 하루를 떠나 있었는데
알아볼 수 없는 이곳.
철커덕대는 쇳소리가 침목들 속에서 멎었다.
갑자기 정말 이 무슨 새로운 변덕인가.
혼란, 수다쟁이들의 험담…….
무엇이 그들을 악마에 홀리게 했는가?

어디서 나는 이 말의 조각들을 들었던가,
정말 지난해의 어느 때였던가?
아, 필시, 이것은 오늘 다시
시내가 밤에 숲에서 솟아 나온 것이다.
이것은 옛 시절에 그랬듯
서수시가 얼음을 움직이고 부푼 것이다.
이것은 진실로 새로운 기적,
이것은 예전에 그랬듯 다시 봄이다.

이것은 그녀, 이것은 그녀,
이것은 그녀의 마법이고 경이,
이것은 버들 뒤 그녀의 솜 재킷,
어깨, 스카프, 몸통과 등.

이것은 낭떠러지 끝에 있는 스네구르카[78].
이것은 반쯤 미친 수다쟁이가
그녀에 대해 횡설수설하는 헛소리가
골짜기 바닥에서 끊임없이 흘러나오는 것이다.

이것은 그녀 앞에서 여울이
장벽을 흘러넘쳐 물의 연기 속에서 가라앉고,
매달린 폭포의 램프에 의해
쉬익 소리를 내며 절벽에 못 박힌 것이다.
이것은 감기에 걸린 차디찬 물결이
이를 덜덜 떨며 가장자리를 넘어
못 속으로, 못에서 다른 용기 속으로 흐르는 것이다.
봄의 범람의 말은 존재의 착란.

1941

개똥지빠귀

Дрозды

벽지의 긴이억에 깃든
점심때의 정적.
노반 가 덤불 속에서
방울새들이 생기 없이 노래한다.

곧게 뻗은 시골길의
소망처럼 뜨겁고 한없이 탁 트인 공간.
뒤편의 연보랏빛 숲,
잿빛 구름의 꼬불꼬불 감긴 머리칼.

숲길 가 나무들이
곁말과 장난을 친다.
움푹한 곳마다 그루터기 위에는
제비꽃과 눈과 부엽토.

아마 이런 구멍들에서
개똥지빠귀들이 물을 마시며 답례로
불길과 얼음의 멜로디로
하루의 소문을 퍼뜨릴 것이다.

여기 지금은 긴 음절, 지금은 짧은 음절.
어떨 때는 뜨겁고, 어떨 때는 차가운 샤워.

이 웅덩이들의 윤기로 도금된
목으로 그렇게 소리를 뽑아낸다.

둔덕에 그들의 마을이 있다,
커튼 뒤에서 엿보기,
작고 밝은 방의 구석에서 소곤대기,
하루 종일 재잘대기.

그들의 활짝 열린 방들을
수수께끼들이 대놓고 바삐 쏘다닌다.
그들에게는 울창한 자명종 시계가 있어
가지들이 15분을 그들에게 노래한다.

개똥지빠귀의 그늘진 은신처는 그러하다.
그들은 정돈되지 않은 숲에서
예술가가 살아야 하는 대로 산다.
나도 그들을 본받는다.

1941

7부

유리 지바고의 시(1946-1953)

햄릿

Гамлет

소란이 멎었다. 나는 무대로 나갔다.
문설주에 기대어 먼 메아리 속에서
나의 세기에 무엇이 일어나고 있는지
포착해 본다.

한밤의 어둠이 수천의 쌍안경으로
나를 겨누었다.
할 수만 있다면, 아버지 하느님이여,
이 잔이 날 비켜 가게 하소서.[79]

나는 당신의 완고한 뜻을 사랑하며
기꺼이 이 역을 맡겠나이다.
그러나 지금은 다른 극이 상연되고 있으니
이번에는 나를 면하게 하소서.

하지만 막의 순서는 짜여 있고
길의 끝은 피할 수 없다.
홀로인 나. 다들 바리새주의에 빠져든다.
삶을 사는 것은 들판을 건너는 것이 아니다.

1946

3월

Март

땀에 흠뻑 젖도록 태양이 따사롭고,
몽롱해진 골짜기가 사납게 날뛴다.
억센 처녀 목동의 일 같은
봄의 일이 척척 한창이다.

잎맥들이 무력하게 푸른 가지들 속에서
빈혈을 앓는 눈이 파리하다.
하지만 외양간에서 삶이 김을 내뿜고,
쇠스랑들의 발이 건강하게 빛난다.

이 밤들, 이 낮들과 밤들!
한낮 무렵 눈 녹은 물방울들의 북소리,
지붕 끝에 매달린 고드름들의 수척함,
잠을 잊은 개울들의 수다!

모두 활짝 열린 마구간과 우사.
비둘기들이 눈 속에서 귀리를 쪼고,
모든 것의 아비이자 죄인인
똥이 신선한 대기의 향을 풍긴다.

1946

166

수난주간에

На Страстной

아직은 사방이 한밤의 어둠이다.
아직은 세상이 너무 일러서
하늘에 별들이 헤아릴 수 없고,
저마다 대낮처럼 환하다.
땅이 제 맘대로 할 수 있다면,
「시편」 읽는 소리를 들으며
부활절 내내 잠을 자리라.

아직은 사방이 한밤의 어둠이다.
세상은 그토록 이른 새벽이어서
네거리에서 모퉁이까지
광장은 영원같이 누워 있었고,
여명이 밝고 온기가 있기까지는
아직도 천년이다.

아직도 땅은 벌거벗을 대로 벌거벗었고,
밤이면 실오라기 하나 걸칠 것이 없어
예배당의 종을 흔들어 울리지도
성가대의 합창을 마음대로 메아리치게도 못한다.

수난목요일부터
수난토요일에 이르기까지

물이 기슭에 구멍을 내고
소용돌이친다.

숲도 옷을 벗고 벌거숭이로
그리스도의 수난절에[80]
기도하는 사람들의 대열처럼
소나무 몸통의 무리로 서 있다.

도시에서는 집회에 온 것처럼
좁은 공간에 모여든 나무들이
교회의 창살을
알몸으로 들여다보고 있다.[81]

그들의 시선은 공포에 휩싸여 있다.
그들의 불안은 까닭이 있다.
정원들이 울타리를 벗어나고,
땅의 질서가 흔들린다.
그들이 신을 묻는다.

그들은 황제의 문[82] 주위의 빛과
검은 천과 줄지은 초와
눈물로 얼룩진 얼굴들을 본다.

갑자기 그들을 향해
십자가의 행렬이 수의와 함께 나오고,[83]
문 곁의 두 자작나무는
옆으로 비켜야 한다.

행렬이 마당과
인도를 돌고,
거리에서 예배당 현관으로 봄을,
봄의 대화를, 성찬의 빵의 향기와
봄의 매캐한 연기가 감도는
대기를 들여온다.

마치 어느 누가 성물함을
예배당 밖으로 가지고 나와서 열고
남김없이 전부 나눠 준 것처럼,
교회 입구에 모인 불구자들의 무리에
3월이 한 움큼씩 눈을 던진다.

새벽노을이 질 때까지 노래가 계속되고,
실컷 흐느끼고 났을 때는,
안에서 「시편」이나 「사도행전」가
가로등 밑 공터로

더 조용히 들려온다.

하지만 날씨가 개기만 하면
부활의 노력으로
죽음이 격퇴되리라는
봄의 소문을 한밤중에 듣고
피조물과 육체는 침묵에 잠기리라.[84]

1946

백야

Белая ночь

내게 먼 시간이 보인다,
페테르부륵스카야 스토로나[85]의 집.
스텝의 가난한 여지주의 딸,
너는 대학생, 너는 쿠르스크 태생.

어여쁜 너, 너를 흠모하는 남자들.
이 하얀 밤에 우리 둘은
네 창턱에 올라앉아
네 마천루에서 아래를 바라본다.

가스 나비 같은 가로등,
아침이 첫 한기에 떨었다.
내가 네게 조용히 말하는 것은
저 멀리 잠든 광활한 땅을 이토록 닮았다!

한없는 네바강 너머에
파노라마로 펼쳐진 페테르부르크처럼
바로 그 비밀에 대한 소심한 충성에
우리도 붙들려 있다.

저 먼 빽빽한 숲들에서
이 하얀 봄밤에

나이팅게일[86]이 우레 같은 찬가로
숲의 경계를 뒤흔든다.

미친 듯이 지저귀는 소리가 굽이치며 구른다.
비쩍 마른 작은 새의 목소리가
매료된 숲 깊숙이
희열과 혼란을 일깨운다.

밤이 맨발의 순례하는 여인이 되어
울타리를 따라 그곳들로 살금살금 가고,
엿들은 대화의 자취가
밤을 뒤쫓아 창턱에서 뻗어 간다.

우연히 들린 대화의 메아리 속에서
널빤지로 울타리 쳐진 정원마다
사과나무와 버찌나무 가지들이
하얀 꽃을 입는다.

유령같이 하얀 나무들이
그토록 많은 것을 본 하얀 밤에게
손을 흔들어 작별을 고하듯
떼로 길로 쏟아져 나온다.

1953

봄의 진창길

Весенняя распутица

석양의 불길이 사그라지고 있었다.
말을 탄 한 남자가 먼 우랄의 농장으로
무성한 소나무 숲 속 진창길을
터벅터벅 가고 있었다.

말이 비장(脾臟)을 출렁댔고,
거세게 휘도는 샘물들이 이룬 개울이
철벅거리는 편자 소리에 맞장구치며
길을 따라 뒤쫓았다.

말 탄 사람이 고삐를 늦추고
말을 걷게 했을 때에는,
가득 불어난 물이 가까이에서
엄청난 굉음과 함께 퍼져 나갔다.

누군가 웃었고, 누군가 울었다.
돌이 돌에 부딪쳐 부스러졌고,
뿌리째 뽑힌 그루터기들이
소용돌이 속으로 떨어졌다.

노을이 불탄 자리에서,
검게 그을린 먼 가지들 속에서,

경종이 울려 퍼지듯
나이팅게일이 미친 듯이 노래했다.

과부가 된 수양버들이 골짜기 위로
베일을 늘어뜨린 곳에서,
나이팅게일은 고대의 강도 나이팅게일[87]처럼
일곱 떡갈나무 위에서 휘파람을 불었다.

어떤 재앙에, 어떤 사랑에
이 격정은 예정되었던가?
울창한 숲에서 나이팅게일은
누구에게 포도탄을 쏘았던가?

이제 나이팅게일이 레시[88]가 되어
탈주한 유형수들의 은신처에서 나와서
말을 타거나 걸어오는 이곳 빨치산 전초부대들을
맞이하러 갈 것 같았다.

땅과 하늘, 숲과 들판이
이 드문 소리를,
광기와 아픔과 행복과 고통이
운율을 이룬 이 음들을 포획하고 있었다.

1953

174

해명

Объяснение

한때 이상하게 단절되있듯
까닭 없이 삶이 돌아왔다.
그때, 그 여름날의 그 시각처럼
나는 여기 그 옛 거리에 있다.

그대로인 사람들과 그대로인 근심들,
그때 죽음의 저녁이 급히 서둘러
마네지[89]의 벽에 못 박았던 그대로
노을의 화재도 식지 않았다.

허름한 평상복을 입은 여인들이
아직도 밤에 신발을 해지게 한다.
그러고 나서 철 지붕 위 다락방들이
아직도 그들을 십자가에 못 박는다.

여기 한 여자가 지친 걸음으로
천천히 문지방으로 나오고,
반지하 방에서 올라와서
마당을 비스듬히 가로질러 간다.

나는 다시 변명을 준비하고,
나는 다시 아무래도 상관없다.

이웃집 여자가 뒤뜰로 돌아서 가며
우리를 단둘이 남겨 둔다.

- - - - - - - - - - -

울지 마라, 부어오른 입술을 오므리지 마라,
입술을 모아서 주름지게 하지 마라.
봄의 열병의
말라붙은 딱지를 갈라지게 할 테니.

내 가슴에서 손바닥을 떼라,
우리는 전류가 흐르는 전선이다.
조심해라, 우리는 다시 무심코
서로에게 이끌릴 테니.

세월이 가고, 너는 혼인할 거야,
이 모든 혼란을 잊을 거야.
여자가 되는 것은 위대한 걸음,
남자를 미치게 하는 것은 영웅적 행위.

여인의 손과 등과 어깨와
목의 기적 앞에

나는 한평생 이토록
헌신하며 경배해 왔노라.

하지만 밤이 아무리 나를
슬픔의 고리로 휘감아도,
벗어나려는 지향이 무엇보다 강하고,
결별의 열망이 유혹한다.

1947

도시의 여름

Лето в городе

나직이 속삭이는 대화,
격하게 서둘러
목덜미에서 위로
한 다발로 모아 올린 머리카락.

투구를 쓴 여인이
땋은 머리채 전부와 함께
머리를 뒤로 젖히고
무거운 볏 밑에서 바라본다.

무더운 밤이 악천후를
약속하는 거리에서
행인들이 발을 끌며
집으로 흩어진다.

날카롭게 울려 퍼지는
천둥소리가 간간이 들려오고,
창문 커튼이
바람에 펄럭인다.

침묵이 도래한다.
하지만 전처럼 푹푹 찌고,

전처럼 번개가
하늘을 뒤지고 또 뒤진다.

폭우의 밤이 가고
타는 듯한 찬란한 아침이
가로수 길의 웅덩이들을
다시 말릴 때,

여전히 꽃이 만발한,
아주 오래된 향기로운 보리수들이
잠이 부족해서 찌푸린 얼굴로
주위를 바라본다.

1953

바람

Ветер

나는 끝났지만 너는 살아 있다.
바람이 불평하고 울며
숲과 다차를 흔든다.
넓은 만의 잔잔한 수면 위에 떠 있는
범선들의 선체를 흔들 듯,
소나무 한 그루 한 그루가 아니라,
저 멀리 한없이 광활한 땅 전부와 함께
통째로 모든 나무를 흔든다.
이것은 객기에 차서가 아니요
쓸데없는 분노 때문도 아니다.
애수 속에서 네게 불러 줄
자장가를 위한 말을 찾기 위함이다.

1953

홉

Хмель

담쟁이에 휘감긴 버들 아래에서
우리는 궂은 날씨를 피할 곳을 찾는다.
우리의 어깨는 망토에 덮여 있고,
내 팔이 널 휘감았다.

내가 틀렸다. 이 무성한 덤불은
담쟁이가 아니라 홉에 감겨 있다.
그러니 차라리 이 망토를
우리 밑에 넓게 펴자.

1953

바비예 레토[90]

Бабье лето

까치밥나무 잎이 거칠고 질기다.
집 안에서 웃음소리가 나고 유리창이 울린다.
썰고 절이고 후추를 치고,
피클에 정향[91]을 넣느라 난리다.

어릿광대 같은 숲이 이 왁자지껄한 소리를
모닥불 열기에 그을리듯
태양에 불탄 개암나무가 서 있는
가파른 비탈에 내던진다.

여기서는 길이 협곡으로 내려가고,
여기서는 바싹 마른 늙은 그루터기들도,
이 골짜기에 모든 것을 쓸어 담는
넝마주이 노파 가을도 애처롭다.

어떤 교활한 사상가가 생각하는 것보다
우주가 단순해서,
숲이 물속에 가라앉은 듯해서,
모든 것에 종말이 찾아오고 있어서.

네 앞에 있는 모든 것이 불탔고
가을의 하얀 그을음이

창에 거미줄을 칠 때
눈을 깜빡여 봐야 아무 소용이 없어서.

정원에서 부서진 울타리 사이로 난 길이
자작나무 숲에서 사라진다.
집 안의 웃음과 집안일로 북적대는 소리,
멀리서 들리는 똑같이 북적대는 소리와 웃음.

1946

혼례

Свадьба

아침까지 흥겹게 놀기 위해
손님들이 손풍금을 가지고
마당 모퉁이를 가로질러
신부의 집에 왔다.

펠트를 덧댄
주인의 방문 뒤에서는
밤 1시부터 7시까지
한마디 속삭임도 들리지 않았다.

하지만 동틀 녘에, 자고, 자고,
또 자는, 곤히 자는 시각에
아코디언이 혼례식을 떠나며
다시 노래하기 시작했다.

연주자가 다시
커다란 손풍금으로
박수 소리와 목걸이의 반짝임과
왁자지껄한 소리를 흩뿌렸다.

다시, 다시, 다시,
재잘대는 차스투시카[92] 소리가

흥겨운 잔치 자리에서 사람들이 자고 있는 침대로
곧장 파고들었다.

눈처럼 하얀 한 여인이
휘파람을 불고 와자지껄 떠드는 소리 속에서
리듬에 맞춰 몸을 흔들며
다시 공작처럼 흘러가기 시작했다.

머리를 높이 쳐들고
오른손을 흔들며,
공작처럼, 공작처럼, 공작처럼 그녀가
포도를 따라 춤추며 간다.

뉘희의 겨정과 소란이,
윈무의 발 구름 소리가
갑자기 타르타로스[93]에 빠지며
물속에 가라앉듯이 사라졌다.

소란스러운 마당이 깨어나고 있었다.
일하는 소리의 메아리가
대화와 와자한 웃음소리에
섞이고 있었다.

드높이, 광대한 하늘로
회청색 반점들의 회오리가,
비둘기장을 떠난 비둘기 떼가
빠르게 솟구치고 있었다.

혼례식에 뒤이어 누군가가
잠결에 취했다가 갑자기 생각이 나서
행복하게 오래 살기를 기원하며
뒤쫓아 보낸 모양이었다.

실로 삶도 한순간일 뿐,
다른 모든 사람들 속에 우리 자신을
그들에게 주는 선물인 듯이
용해시키는 것일 뿐.

아래에서 창 안으로
날아드는 혼례식일 뿐.
노래일 뿐, 꿈일 뿐,
회청색 비둘기일 뿐.

1953

가을

Осень

나는 식구들을 제 갈 길 가게 했다.
가까운 이들 모두 뿔뿔이 흩어진 지 오래,
가슴과 자연에 있는 모든 것이
변함없는 고독으로 가득하다.

나는 너와 함께 여기 오두막에 있다.
숲이 인적 없이 황량하다.
노래에 나오듯 길들이
반은 초목에 뒤덮였다.[94]

이제 통나무 벽들이 슬픔에 잠겨
우리만 바라본다.
우리는 장벽을 넘으리라 약속하지 않았다.
우리는 숨김없이 파멸해 갈 것이다.

나는 책을, 너는 바느질감을 쥐고,
우리는 1시에 앉아서 3시에 일어날 것이다.
날이 샐 무렵 우리는
어떻게 입맞춤을 그쳤는지 알지 못할 것이다.

더 화려하게, 더 멋대로
바스락거려라, 흩날려라, 나뭇잎들이여!

어제의 비애의 잔을
오늘의 애수로 차고 넘치게 하라.

애착이여, 끌림이여, 매혹이여!
9월의 소란 속에서 흩어져 사라지자!
네 전부를 가을의 바스락거리는 소리에 파묻어라!
혼절해라, 아니면 미쳐 버려라!

비단 술이 달린 가운을 입고
네가 포옹 속으로 떨어질 때,
숲이 잎을 떨구듯
너도 그렇게 옷을 떨군다.

삶이 질병보다 더 신물이 날 때,
너는 파멸의 걸음의 축복.
아름다움의 뿌리는 용기이니
그것이 우리를 서로에게로 이끈다.

1949

옛 이야기

Сказка

옛날 옛적 요정의 나라에서
한 기사가
스텝의 가시밭길로
말을 재촉하고 있었다.

그는 서둘러 싸우러 가고 있었는데,
스텝의 먼지 속에서
저 멀리 검은 숲이
그를 맞으러 일어서고 있었다.

심장이 쑤셨다,
마음이 불안했다.
물웅덩이를 피해라,
안장을 단단히 죄여라,

기사는 말을 듣지 않고
말에 박차를 가해
숲이 우거진 언덕으로
전속력으로 달려갔다.

쿠르간[95]에서 말을 돌려
마른 골짜기로 들어갔고,

풀밭을 지나
산을 넘었다.

움푹 꺼진 골짜기를 거치고
숲길을 지나
짐승의 발자국과
물웅덩이를 만났다.

어떤 호소에도 귀 기울이지 않고,
자기 느낌도 무시하고,
말에게 물을 먹이려고
낭떠러지 아래 개울로 갔다.

개울가에 동굴,
동굴 앞에는 얕은 여울.
불타는 유황이
구멍을 밝히고 있는 것 같았다.

시야를 가리던
시뻘건 연기 속에서

먼 부름이
소나무 숲에 울려 퍼졌다.

그러자 기사는 흠칫 몸을 떨고
곧장 골짜기를 거쳐
외쳐 부르는 소리를 향해
말의 걸음을 움직였다.

기사는 보았고,
창을 움켜잡았다.
용의 머리,
꼬리와 비늘.

용이 입에서 불을 뿜어서
사방에 빛을 흩뿌렸나.
등뼈가 처녀를
세 겹으로 휘감고 있었다.

뱀의 몸통이
그녀의 어깨 위에서
채찍의 뾰족한 끝 같은
목을 휙휙 움직이고 있었다.

그 나라의 관습은
포로로 잡힌 예쁜 처녀를
숲속 괴물에게
제물로 바치고 있었다.

그 땅의 주민들은
뱀한테 이 공물을 바치고
자기들 오막살이를
지키고 있었다.

뱀이 마음껏 고통을 가할 제물로
처녀를 받고서
그녀의 팔을 묶고
목을 휘감았다.

기사는 간청하는 눈길로
높은 하늘을 올려다보았고,
싸움을 위해
창을 들어 겨누었다.

굳게 감긴 눈꺼풀.
드높은 하늘. 구름.
물. 여울. 강.
해들과 세기들.

찌그러진 투구를 쓰고
싸움터에 쓰러져 누운 기사.
발굽으로 뱀을 짓밟고 있는
충직한 말.

모래 위에 나란히 자리한
말과 용의 시체.
의식이 없는 기사,
정신이 멍한 처녀.

한낮의 푸른 하늘이
부드럽게 빛났다.
그녀는 누구인가? 공주?
대지의 딸? 공후의 딸?

넘쳐나는 행복 속에서

강물이 되도록 눈물을 쏟고 나자,
잠과 망각이
영혼에 닥친다.

그는 몸이 회복되는 것을 느꼈지만,
피를 많이 흘리고
힘이 빠져서
근육이 꿈쩍하지 않는다.

하지만 그들의 심장은 뛰고 있다.
한번은 그녀가 한번은 그가
정신을 차리려고 안간힘을 쓰다가
잠에 빠져든다.

굳게 감긴 눈꺼풀.
드높은 하늘. 구름.
물. 여울. 강.
해들과 세기들.

1953

8월

Август

약속한 대로 속이지 않고
이른 아침에 태양이
비스듬한 사프란색 띠로
커튼부터 소파까지 흘러들었다.

태양이 뜨거운 황토 빛으로
이웃 숲과 마을의 집들과
내 침대와 축축한 베개와
책장 뒤 벽 모서리를 덮었다.

나는 무슨 이유로 베개가
살짝 젖었는지를 떠올렸다.
나는 당신들이 나를 배웅하려고
잇따라 숲길을 걷는 꿈을 꾸었다.

당신들은 무리지어, 홀로, 쌍쌍이 걸었다.
갑자기 누군가 오늘이
구력96 8월 6일,
그리스도 변모의 날이라는 것을 떠올렸다.

보통 이날은
불길 없는 빛이 파보르산97에서 흘러나오고,

표지판같이 선명한 가을이
시선을 자신에게 못박는다.

당신들은 작고 보잘것없는,
벌거벗어 떨고 있는 오리나무 숲을 헤치고
무늬가 찍힌 당밀 과자같이 발갛게 타오르는
생강같이 붉은 묘지의 숲으로 들어갔다.

숨죽인 숲의 우듬지 곁에는
엄숙한 하늘이 이웃하고 있었고,
광활한 저 먼 땅들은 수탉의 긴 울음소리로
서로를 외쳐 부르고 있었다.

숲속 묘지 가운데 죽음이
정부의 측량 기사처럼 서서
내 키에 맞는 구멍을 파기 위해
죽은 내 얼굴을 들여다보고 있었다.

곁에 있는 누군가의 조용한 목소리가
모두에게 물리적으로 느껴지고 있었다.
예전의 내 예언의 목소리가
부패에 훼손되지 않고 그대로 울리고 있었다.

"그리스도 변모의 푸른 날이어, 잘 있거리,
두 번째 구세주의 금빛 찬란한 날이여, 잘 있거라.
여인의 마지막 애무로
내 숙명의 시각의 비애를 덜어 다오.

때아닌 시절의 해들이어, 잘 있거라!
치욕의 심연에 도전장을 던지는 여인이여,
작별을 고하자!
나는 너의 싸움터.

잘 있거라, 활짝 편 날갯짓이여,
자유로운 불굴의 비행이여,
말 속에 드러난 세상의 모습이여,
창작이여, 기적을 행함이여."

1953

겨울밤

Зимняя ночь

온 땅에 눈보라가 쳤네,
온 세상이 눈에 덮였네.
탁자 위에서 초가 타올랐네,
초가 타고 있었네.

여름에 날벌레 무리가
불꽃으로 날아가듯이
마당에서 창틀로
눈송이들이 날아들었네.

눈보라가 유리에
고리들과 화살들을 새겼네.
탁자 위에서 초가 타올랐네,
초가 타고 있었네.

불빛에 환한 천장에
그림자들이 누웠네.
두 손이 겹쳤네, 두 다리가 겹쳤네,
운명이 교차했네.

슬리퍼 두 개가 탁 소리 내며
바닥에 떨어졌네.

촛대에서 촛농이 눈물방울이 되어
원피스에 떨어졌네.

잿빛과 새하얀 빛의 눈안개 속에서
모든 것이 자취를 감추었네.
탁자 위에서 초가 타올랐네,
초가 타고 있었네.

구석에서 초를 향해 바람이 불었네.
유혹의 열기가
천사처럼 십자가 모양으로 두 날개를
들어 올렸네.

2월 한 달 내내 눈보라가 쳤네.
다시 또다시 눈이 내렸네,
탁자 위에서 초가 타올랐네,
초가 타고 있었네.

1946

이별

Разлука

남자가 집을 알아보지 못하고
문지방에서 바라본다.
그녀는 달아나듯 떠났고,
파국의 흔적이 곳곳에 남았다.

방들 곳곳에 나뒹구는 혼돈.
눈물이 나고 머리가 아파 와서
그는 파괴의 정도를
가늠하지 못한다.

아침부터 귓속에서 들리는 알 길 없는 소음.
그는 생시인가 아니면 꿈을 꾸고 있는가?
그리고 왜 바다에 대한 생각이
계속 그의 머리에 떠오르는가?

창에 낀 서리를 통해
신의 세상이 보이지 않을 때,
출구를 모르는 애수는 두 배는 더
황량한 바다를 닮는다.

밀려오는 파도의 모든 선으로
해변이 바다에 가깝듯이,

그 어떤 모습으로로든
그녀는 그에게 소중했다.

폭풍우가 치고 난 후 파도가
갈대들을 잠기게 하듯이,
그녀의 형체들과 용모들이
그의 영혼의 바닥에 가라앉있다.

역경의 세월에, 상상도 할 수 없는
일상의 시절에
그녀는 운명의 파도에 휩쓸려
바닥에서 그에게로 떠밀려 왔다.

헤아릴 수 없는 장애물들 가운데
위험들을 지나서
파도가 그녀를 데려오고 데려와서
그의 곁에 꼭 붙여 놓았다.

이제 여기 그녀는 떠나고 없다.
아마 강제된 것이리라.
이별이 그들 두 사람을 집어삼키리라,
애수가 뼈를 다 갉아먹으리라.

남자가 주위를 둘러본다.
떠나던 순간에 그녀는
장롱 서랍들을 모조리 다
뒤집어엎어 놓았다.

그는 서성이다가 어둠이 내리도록
흩어진 천 조각들과
떠 놓은 종이 본을
서랍에 도로 넣는다.

그리고 바느질감에 꽂힌
바늘에 손이 찔려서
불현듯 그녀의 모습을 전부 보며
숨죽여 운다.

1953

만남

Свидание

눈이 길을 묻고
지붕에 가득 쌓인 것이다.
내가 다리를 풀러 나가면
문 뒤에 네가 서 있다.

가을 외투를 입고 홀로,
모자도 덧신도 없이
너는 흥분을 누르며
젖은 눈을 씹고 있다.

나무들과 울타리들이
저 멀리 어둠 속으로 떠난다.
떨어지는 눈 속에 홀로
너는 모퉁이에 서 있다.

물이 스카프에서
소매를 거쳐 소맷동으로 흘러내리고,
작은 이슬방울들이
머리카락 속에서 빛난다.

금발의 머리채가 얼굴을,
스카프와 자태를,

그리고 이 얇은 외투를
환히 밝히고 있다.

속눈썹 위에 쌓인 촉촉한 눈,
두 눈에 깃든 애수,
한 조각으로 빚어진
네 모습 전부.

안티몬에 적신 철로
너를
내 심장에
아로새긴 것만 같다.

이 이목구비의 온유함이
심장에 영원히 박혀 있으니,
세상이 모질어도
아무 상관 없다.

눈에 묻힌 이 밤이 전부
이중이 되고,
나는 너와 나 사이에
경계를 그을 수 없다.

그러나 이 모든 해가 지나고
우리는 세상에 없는데
험담만이 남았을 때,
우리는 누구이고 어디에서 왔는가?

1949

성탄의 별

Рождественская звезда

겨울이었다.
스텝에서 바람이 불어오고 있었다.
언덕 비탈에 있는
동굴에서 아이는 추웠다.

황소의 숨결이 그를 따뜻하게 하고 있었다.
집짐승들이
동굴 안에 서 있었고,
구유 위로 따뜻한 안개가 흘렀다.

양치기들이 절벽에 서서
침대의 지푸라기와 수수 알갱이를
양가죽 외투에서 털어 내고,
잠에 취한 눈으로 한밤의 저 먼 곳을 바라보고 있었다.

저 멀리에는 눈 덮인 들판과 묘지,
울타리들, 묘비들,
눈 더미에 파묻힌 마차 끌채가 있었고,
묘지 위로는 별이 가득한 하늘.

그 곁에, 그때까지 보이지 않던 별 하나가
파수꾼의 오두막 창 안

접시 등불보다 더 수줍게
베들레헴으로 가는 길 위에서 빛나고 있었다.

별은 하늘과 신과 따로 떨어져서
건초 더미같이, 일부러 지른 불의 빛같이,
불길에 휩싸인 농장과
탈곡장의 화재같이 타오르고 있었다.

이 새로운 별에 불안해진
온 우주의 한가운데서
별은 활활 타오르는
짚과 건초 더미같이 솟구치고 있었다.

자라나는 불빛이 별 위쪽에서 붉어지며
무언가를 의미하고 있었다.
세 점성가가
이 전례 없는 불길의 부름을 향해 서둘러 가고 있었다.

선물을 싣고 가는 낙타들이 그들을 뒤따랐다.
마구를 채운, 뒤로 갈수록 더 작은 당나귀들이
종종걸음으로 산에서 내려오고 있었다.
후에 도래한 모든 것이

앞날의 이상한 환영으로 멀리서 일어서고 있었다.
세기들의 모든 생각들, 모든 꿈들, 모든 세상들,
미술관들과 박물관들의 모든 미래,
요정들의 모든 장난들, 마법사들의 모든 일들,
세상에 있는 모든 크리스마스트리들, 아이들의 모든 꿈들.

빛나는 촛불들의 모든 떨림, 모든 종이 사슬들,
알록달록한 장식용 반짝이 조각의 모든 화려함…….
……스텝에서 바람이 점점 더 사납게 불어오고 있었다…….
……모든 사과들, 모든 금빛 공들.

오리나무들의 우듬지가 연못의 일부를 가리고 있었지만,
일부는 까마귀 둥지와 나무 꼭대기 사이로
그곳에서 온전히 잘 보였다.
당나귀들과 낙타들이 제방을 따라가는 것을
양치기들은 잘 분간할 수 있었다.
"저들과 함께 기적에 경배하러 가세."
그들이 가죽 외투의 옷깃을 여미고서 말했다.

눈을 헤치고 나아가느라 더워졌다.
환한 평원에 운모판같이 빛나는
맨발 자국이 오두막집 뒤로 나 있었다.

별빛 아래에서 양치기 개들이 이 흔적들을 보고
양초 동강 불꽃에다 대고 짖듯 으르렁거렸다.

몹시 추운 밤이 동화 같았다.
눈보라에 날려 쌓인 눈 더미에서 누군가가 계속
보이지 않게 그들의 대열에 들어오고 있었다.
개들이 두려움에 두리번거리며 느릿느릿 걸었고,
목동에게 바싹 붙어서 재앙을 기다리고 있었다.

무수한 군중의 무리 속에서 몇몇 천사가
그 지역을 같은 길로 걸어가고 있었다.
그들은 형체가 없어 보이지 않았지만,
걸음이 발자국을 남기고 있었다.

돌 옆에 사람들이 떼 지어 붐비고 있었다.
날이 밝아 오고 있었다. 삼나무 몸통들이 눈에 띄었다.
"당신들은 어떤 사람들인가요?" 마리아가 물었다.
"우리는 양치기 부족이고 하늘의 사자입니다.
당신들 두 분께 찬양을 드리러 왔습니다."
"전부 한꺼번에는 안 돼요. 입구 옆에서 기다리세요."
동트기 전의 재 같은 회색의 어둠 속에서
소몰이꾼들과 양치기들이 발을 구르고 있었고,

걸어서 온 사람들이 말 탄 사람들과 다투고 있었고,
속을 파낸 통나무 물통 가에서
낙타들이 울부짖었고, 나귀들이 발길질을 했다.

날이 밝아 오고 있었다. 여명이 재 찌꺼기를 쓸 듯
하늘에서 마지막 별들을 쓸어 내고 있었다.
무수히 모인 와자한 무리들 중에서 오직 점성학자들만
마리아는 바위 구멍으로 들어오게 했다.

온몸이 빛나는 그는 떡갈나무 구유 속에서 자고 있었다.
나무 구멍 깊숙이 깃든 달빛 같았다.
나귀의 입술과 황소의 콧구멍이
그에게 양가죽 외투를 대신해 주고 있었다.

그들은 마치 마구간의 어스름 같은 어둠 속에 서서,
더듬대다 겨우 적당한 말을 찾아 속삭이고 있었다.
갑자기 어둠 속에서 누군가가 손으로
점성학자 중 한 사람을 구유에서 약간 왼쪽으로 비키게
　　　했다.
그가 돌아보았다. 손님같이 문지방에서
성탄의 별이 처녀를 바라보고 있었다.

1947

새벽

Рассвет

당신[98]은 내 운명에서 전부를 의미했다.
그러고 나서 전쟁이, 파괴가 왔고,
오래오래 당신은
깜깜무소식이었다.

많고 많은 세월이 흐른 뒤에
당신의 목소리가 다시 나를 불안하게 했다.
나는 밤새 당신의 굳은 약속을 읽으며
기절에서 깨어난 듯했다.

나는 사람들에게로, 군중 속으로,
그들의 아침의 활기 속으로 가고 싶다.
나는 모든 것을 산산조각 내고
모두를 무릎 꿇게 할 준비가 되어 있다.

난생 처음 외출하듯 나는
이 눈 덮인 거리와
버림받은 포도로
계단을 달려 내려간다.

곳곳마다 일어난다, 불빛, 안락,
차를 마신다, 서둘러 전차를 타러 간다.

몇 분 사이에
도시의 모습은 몰라보게 변한다.

자욱하게 떨어지는 눈송이로
눈보라가 문에 그물을 짜고,
제때 닿기 위해
모두 채 먹지도 마시지도 못하고 달려간다.

내가 그들의 가죽 안에 있는 것처럼,
나는 그들이, 그들 모두가 가엾고,
눈이 녹듯 나 자신이 녹고,
아침처럼 나 자신이 눈살을 찌푸린다.

이름 없는 사람들이, 나무들이,
아이들이, 집에 틀어박힌 사람들이 나와 함께 있다.
나는 그들 모두에게 패배했다.
오직 그것에 나의 승리가 있다.

1947

기적

Чудо

예감의 슬픔에 미리 짓눌린 채로
그는 베다니에서 예루살렘으로 가고 있었다.

가파른 비탈에 자란 가시덤불이 태양에 그을려 있었다.
근처 오두막집 위에서 연기가 가만히 있었다.
대기는 뜨거웠고 갈대는 움직임이 없었다.
사해의 징적은 깨질 줄을 몰랐다.

그는 바다의 비통에 필적하던
비애를 안고, 작은 구름의 무리와 함께
먼지 자욱한 길로 누군가의 집으로,
도시에 모인 제자들에게 가고 있었다.

그는 생각에 깊이 잠겨 있어서
실의에 차 벌판이 쑥 냄새를 풍겼다.
온 세상이 잠잠했다. 그가 홀로 복판에 선 고장이
망각 속에 엎드려 있었다.
모든 것이 뒤범벅이었다. 더위와 사막,
도마뱀들도 샘들도 개울들도.

멀지 않은 곳에 무화과나무 한 그루가 솟아 있었다.
열매는 하나도 없이, 가지들과 잎들뿐이었다.

그가 무화과나무에게 말했다. "너는 무슨 소용이 있느냐?
멍하니 서 있는 네 모습 속에 내게 어떤 기쁨이 있느냐?

나는 목마르고 배고픈데 너는 헛꽃이니,
너와 만나는 것이 돌을 만나는 것보다도 기쁨이 없구나.
오, 너는 참으로 무례하고 재주가 없구나!
세상이 끝날 때까지 그대로 있으라."

번갯불이 피뢰침을 따라 흐르듯이
질책의 전율이 나무를 타고 흘렀고,
무화과나무는 남김없이 재가 되었다.

나뭇잎들에게, 가지들에게, 뿌리들에게, 그리고 몸통에게
그때 자유의 순간이 있었더라면,
자연의 법칙들이 끼어들 수 있었으련만.
그러나 기적은 기적이고, 기적은 신이다.
우리가 혼란에 처했을 때, 그때 무질서의 와중에
기적은 순간적으로 별안간 닥친다.

1947

214

대지

Земля

모스크바의 집들에
봄은 당돌하게 들이닥친다.
좀나방이 장롱 뒤에서 날개를 퍼덕이고
여름 모자들 위를 기어가고,
모피 외투들이 트렁크 속에 치워진다.

나무로 된 중이층들에
카네이션과 꽃무의
화분들이 모습을 보이고,
방이 자유를 숨 쉬고,
다락이 먼지 냄새를 풍긴다.

거리가 흐리멍덩한 눈을 가진
창틀과 허물없이 지내고,
백야와 석양이
강가에서 엇갈릴 줄을 모른다.

광활한 땅에 무슨 일이 일어나는지,
우연히 나누는 대화 속에서 4월이
눈 녹아 떨어지는 물방울과 무슨 말을 하는지
복도에서 들을 수 있다.
인간의 비애에 관해

그는 수많은 이야기를 알고 있고,
노을은 울타리마다 얼어붙어
이 장황한 이야기로 꾸물댄다.

그와 같은 불길과 무서움의 혼합이
밖에도 아늑한 주거 속에도 있고,
도처에서 대기는 제 정신이 아니다.
창에도, 네거리에도,
거리와 작업장에도,
하나같이 눈이 생긴 갯버들 가지들,
하나같이 부풀어 오른 하얀 꽃봉오리들.

그런데 저 먼 광활한 땅은 왜 안개 속에서 울고 있는가?
왜 부엽토는 쓰라린 냄새를 풍기는가?
탁 트인 넓은 땅이 권태롭지 않게 하는 것,
도시의 경계 너머 대지가
홀로 슬퍼하지 않게 하는 것,
그것이 바로 나의 소명인 까닭이다.

그러기 위해 이른 봄에
친구들이 나와 만나고,
우리의 야회들이 작별이고,

우리의 조촐한 잔치들이,
고난의 은밀한 흐름이
존재의 한기를 데우도록 하는 유언이다.[99]

나쁜 날들

Дурные дни

마지막 주에 그가
예루살렘으로 들어가고 있었을 때,
우레 같은 호산나가 그를 맞았고,
종려나무 가지를 든 사람들이 그를 뒤따라 달렸다.

하지만 날들은 점점 더 무섭고 가혹해지고,
사랑은 심장들에 가닿지 못한다.
멸시에 차서 이마들이 찌푸려지고,
그리고 이제 후기, 끝이다.

하늘이 육중한 납의 무게로
마당들 위에 드러누웠다.
그의 앞에서 여우처럼 굽실대며
바리새인들이 증거들을 찾고 있었다.

사원의 어두운 세력이
그를 인간쓰레기에게 재판받게 내주었고,
전에 그를 찬양하던 것과 똑같이
열렬하게 그를 저주한다.

옆 구역에서 군중이
문으로 들여다보고 있었고,

서로 떠밀어 밀려왔다 물러났다 하며
결말을 기다리고 있었다.

속삭임이 부근을 기어 다녔고,
사방에서 소문이 기어들었다.
이집트로의 도주와 어린 시절이
이제 꿈같이 기억에 떠오르고 있었다.

황야에 있는 웅장한 비탈과
악마가 세계 왕국으로
그를 유혹했던 절벽이
그는 생각났다.

가나의 혼인 잔치도,
기적에 놀란 손님들도,
안개 속에서 그가 마른 땅을 걷듯이
걸어서 배로 다가갔던 바다도.

오두막집에 모여 있던 가난한 사람들도,
초를 밝히고 움으로 내려가다가
부활한 사람이 일어나는 바람에
기겁해서 갑자기 초가 꺼지던 것도…….

1949

막달레나 1

Магдалина 1

밤이 오면 나의 악마가 틀림없이 내 곁에 있다.
과거에 대해 내가 치르는 대가.
남자들의 충동의 노예인 내가
마귀 들린 바보였고
거리가 나의 안식처였던 때의
음란의 기억들이
와서 내 가슴을 찢는다.

이제 몇 분이 지나면,
무덤의 고요가 찾아올 것이다.
하지만 이 시간이 지나가기 전에,
종국에 이르러 나는
나의 삶을 석고 그릇처럼
당신 앞에서 박살 낸다.

오, 나의 선생이여, 나의 구세주여,
내 기교의 그물에 걸려든
새로운 방문자처럼,
밤이면 탁자에서 나를 기다리는 것이
영원이 아닐 때,
이제 나는 어디에 있을 것인가?

하지만 모두의 눈앞에서 내가
내 한없는 애수 속에서 당신과
접목한 가지처럼 하나로 자라났을 때,
죄악이 무엇을 의미하는지, 죽음도, 지옥도,
유황의 불길도 무엇을 의미하는지 설명해 주오.

당신의 두 발바닥을, 예수여, 내가
내 양 무릎으로 받치고,
아마 십자가의 네모난 기둥을
껴안는 것을 배울 때,
그리고 당신을 매장에 준비시키다가
의식을 잃으며 당신의 시신에 다가가려고 안간힘을 쓸 때.

1949

막달레나 2
Магдалина 2

명절을 앞두고 사람들이 집을 청소한다.
나는 이 법석에 끼지 않고
깨끗하기 그지없는 당신의 두 발바닥을
작은 통에 담긴 향유로 씻긴다.

손으로 더듬어 보지만 당신의 샌들을 찾을 수 없다.
눈물이 앞을 가려 아무것도 보이지 않는다.
풀어 헤친 머리 타래가
장막처럼 내 두 눈 위에 떨어졌다.

당신의 두 발을 옷자락으로 받치고,
예수여, 내 눈물로 씻겼다.
구슬 목걸이를 목에서 떼어 두 발에 감고,
버누스[100]로 감싸듯 머리카락 속에 파묻었다.

당신이 멈춰 놓은 듯이,
나는 미래를 너무도 세세히 본다.
고대의 무녀의 예지의 천리안으로
나는 지금 예언할 수 있다.

내일 사원에서 장막이 떨어질 것이고,
우리는 한쪽에 동그랗게 모일 것이다.

아마 내가 불쌍해서
발밑에서 땅이 흔들릴 것이다.

호송 대열이 재편성되고,
기병들의 척후가 시작될 것이다.
폭풍우 속에서 맹렬한 회오리가 솟구치듯이,
머리 위에서 이 십자가가 하늘에 닿으려 기를 쓸 것이다.

나는 책형당한 예수의 발치의 땅에 몸을 던질 것이다,
넋이 나가서 멍하니 입술을 깨물 것이다.
당신은 껴안을 두 팔을
십자가 양 끝으로 너무 많은 사람들에게 벌릴 것이다.

저토록 넓은 품은, 저토록 많은 고통은,
저런 힘은 누굴 위해 세상에 존재하는가?
세상에 영혼과 생명이 저토록 많은가?
마을과 강과 숲이 저토록 많은가?

그러나 그런 사흘 밤낮이 지나가며
그런 공허 속으로 나를 밀어 넣을 것이어서,
이 끔찍한 시간 동안
나는 자라나 부활에 이를 것이다.

1949

겟세마네 동산

Гефсиманский сад

먼 별들의 무심한 빛이
길의 굽이를 밝히고 있었다.
길은 감람산 둘레로 나 있었고,
그 아래로 케드론 시내가 흘렀다.

좁은 풀밭이 중간에 끊겼다.
풀밭 너머에서 은하수가 시작되고 있었다.
은회색 올리브나무들이 저 멀리
공중으로 걸음을 떼려 하고 있었다.

끝에 누군가의 동산 터가 있었다.
제자들을 벽 뒤에 남겨 두고
그는 그들에게 말했다. "영혼이 죽도록 슬프구나.
여기서 머물며 나와 밤을 새우라."

그는 그저 잠시 빌린 물건들처럼
전능과 기적을 행하는 힘을
저항 없이 거부하고,
이제 우리처럼 죽을 운명이 되었다.

한밤의 저 먼 광활한 공간은 이제
소멸과 비존재의 땅으로 보였다.

광활한 우주가 폐허였고,
동산만이 삶을 위한 장소였다.

시작도 끝도 없이 텅 빈
이 검은 심연을 들여다보며,
이 죽음의 잔이 지나가도록
그는 피땀을 흘리며 아버지께 기도했다.

그는 기도로 죽음의 피로를 가볍게 하고
담장 밖으로 나왔다. 땅에는
졸음을 못 이긴 제자들이
길섶 풀 속에 여기저기 흩어져 있었다.

그는 그들을 깨웠다. "주께서 너희들을
내가 세상에 있는 동안 살게 허락하셨거늘, 너희는 죽은
    자같이 널브러져 있구나.
인간의 아들이 죽을 때가 되었다.
그가 죄인들의 손에 자신을 내어 줄 것이다."

그가 그 말을 하자마자, 어디서 왔는지 모르게 갑자기
노예들의 무리와 부랑자들의 무더기가 나타났다.
횃불들, 칼들, 그리고 선두에는

배반의 입맞춤을 입술에 가진 유다.

베드로가 검을 빼들고 무뢰한들에게 반격을 가했고
그들 중 한 사람의 귀 하나를 잘라 냈다.
그러나 들린다. "분쟁을 철로 해결해서는 안 된다.
인간아, 네 검을 제자리에 도로 넣어라.

과연 아버지께서 여기 내게
날개 달린 많은 군사를 갖춰 주지 않으셨겠느냐?
그때는 적들이 내 머리카락 한 올 건드리지 않고
흔적 없이 흩어졌으리라.

그러나 삶의 책이 어떤 성소보다
더 소중한 페이지에 도달했도다.
쓰인 것이 지금 이루어져야 하니,
그것이 이루어질지어다. 아멘.

세기들의 흐름이 우화 같음을,
그리고 흐름 중에 타오를 수 있음을, 너는 본다.
그것의 끔찍한 장엄함의 이름으로
나는 자발적인 고통 속에서 무덤 속으로 내려가리라.

나는 무덤 속으로 내려가 셋째 날에 일어서리라.
그리고 뗏목을 타고 강을 따라 내려가듯이,
세기들이 어둠 속에서 나와서 카라반의 바지선들처럼
내게로 심판받으러 흘러오리라."

8부

날이 갤 때(1956-1959)

책은 많은 묘비의 이름들이
이미 지워져 읽을 수 없는
커다란 묘지다.
— 마르셀 프루스트[101]

모든 것에서 나는

Во всем мне хочется дойти...

모든 것에서 나는
본질에 다다르고 싶다.[102]
일에서, 길의 추구에서,
마음의 혼란 속에서.

흘러간 날들의 본질에,
그 원인에,
기초에, 뿌리에,
핵심에.

운명, 사건의 가닥을
놓치지 않으며
살고, 생각하고, 느끼고, 사랑하고,
발견을 이루고 싶다.

오, 만약 어느 정도라도
할 수만 있다면,
나는 정열의 속성에 관한
여덟 행을 쓸 텐데.

불의에 관한, 죄악에 관한,
도주에 관한, 추적에 관한,

허둥대다 벌어진 뜻밖의 일에 관한,
팔꿈치에 관한, 손바닥에 관한.

나는 정열의 법칙, 그 원칙을
밝히고,
정열의 이름들의 머리글자를
되풀이할 텐데.

나는 정원처럼 시구들을 가꿀 텐데.
핏줄의 전율로
시구 속에서 보리수가 연이어 꽃을 피울 텐데,
일렬로, 종대로.

나는 장미의 숨결을, 박하의 숨결을,
초원을, 띠를, 풀베기를,
뇌우의 굉음을 시구 속에
넣을 텐데.

그렇게 언젠가 쇼팽이
농장의, 공원의, 숲의, 무덤의
생생한 경이를
에튀드에 집어넣었다.

성취된 승리의
유희와 고통은
팽팽한 활의
단단한 시위.

1956

유명해지는 건 꼴사납다.

Быть знаменитым некрасиво...

유명해지는 건 꼴사납다.
유명세가 높여 주는 게 아니다.[103]
고문서 보관소를 만들어선 안 된다,
원고 걱정에 벌벌 떨어선 안 된다.

창작의 목적은 자신을 내어 주는 것,[104]
찬사가 아니다, 성공이 아니다.
아무 의미도 없이 모두의 입술에
오르내리는 건 수치다.

참칭하지 않고 살아야 한다.
광활한 대지의 사랑을
결국 자신에게 끌게, 미래의 부름을
듣게 살아야 한다.

전 생애의 장소와 장을
난외에 표시하며
종이 사이가 아니라 운명 속에
공백을 남겨야 한다.

무명 속에 잠겨야 한다.
지척이 보이지 않을 때

세상이 안개 속에 몸을 숨기듯
무명 속에 네 걸음을 감춰야 한다.

다른 이들이 한 뼘 한 뼘
네 길의 생생한 자국을 따를 것이다.
승리와 패배를
너 자신이 구별해서는 안 된다.

단 한 부분도
얼굴을 버려서는 안 된다.
살아 있어야, 오직 살아 있어야,
끝까지 살아 있는 존재여야만 한다.

1956

영혼 (내 영혼, 내 세계에 속한)

Душа (Душа моя, печальница...)

내 영혼, 내 세계에 속한
모든 이의 상주!
너는 고난의 삶을 산 사람들의
무덤이 되었다.

그들의 시신에 향유를 바르며,
그들에게 시구를 바치며,
흐느껴 우는 하프로
그들을 애도하며,

비열하고 이기적인 우리 시대에 너는
양심을 위해, 책임을 위해
그들의 유해를 안치하는
유골함이 되어 서 있다.

그들 모두의 고통이
너를 엎드려 절하게 했다.
시체 안치소와 무덤의
시체 먼지 냄새가 네게서 난다.

내 영혼, 공동 무덤,
맷돌처럼 너는

여기서 본 모든 것을
섞어서 갈았다.

거의 40년을 그랬듯,
내게 있었던 모든 것을
계속 부수고 갈아
묘지의 퇴비로 만들이라.

1956

무제(無題)

Без названия

다가설 수 없는 여인, 얌전한 일상의 여인,
너는 지금 온통 불길, 온통 타오름.
시의 어둡고 좁은 방에
너의 아름다움을 내가 가두게 해 다오.

보라, 램프 갓의 타오르는 껍질이
개집 같은 방을, 벽 모서리를,
창 모서리를, 우리 그림자와
우리 모습을 어떻게 바꾸었는가.

너는 오토만 위에
터키식으로 꿇어앉아 있다.
빛이 있든, 어둠 속이든 마찬가지다,
너는 늘 아이같이 판단한다.

염원에 잠긴 네가 원피스 위에
굴러떨어진 구슬 한 움큼을 끈에 꿴다.
네 표정이 너무도 우울하구나, 네 대화가
몹시도 직설적이고 꾸밈없구나.

사랑이란 말은 비속하다, 네가 옳다.
나는 다른 별명을 생각해 내리라.

너를 위해 나는 온 세상을, 모든 말을,
만약 네가 원하면, 새로 명명하리라.

과연 찌푸린 네 표정이
네 감정의 광층을, 가슴의
은밀히 빛나는 층을 전하겠는가?
도대체 너는 왜 그렇게 슬픈 눈을 하는가?

1956

변화

Перемена

나는 한때 가난한 사람들에게 이끌렸다.
고결한 이상 때문이 아니라,
그들의 삶만이
거드름과 겉치레 없이 흘렀기 때문이다.

귀족들과 우아한 취향의 세상이
내게 친숙했어도,
나는 나태하게 빌붙는 사람들의 적이자
집 없는 가난뱅이의 친구였다.

나는 노동 계급 출신 사람들과
친구가 되려고 노력했고,
그 대가로 나도 쓰레기로 취급당하는
영광을 누리기도 했다.

꾸미지 않은 지하실과
커튼을 달지 않은 다락의 생활은
미사여구 없이 명료했고,
실질적이었고 물질적이었고 묵직했다.

부패가 시대를 건드린 후로
나는 타락했다.

사람들은 소시민인 척, 낙관주의자인 척하며
비애를 수치로 치부했다.

나는 내가 신뢰했던 모두를
이미 오래전 저버렸다.
모두가 나를 잃은 후로
나는 인간을 잃었다.

1956

7월

Июль

귀신이 집을 돌아다닌다.
하루 종일 머리 위에서 들리는 발걸음.
다락에서 그림자가 어른거린다.
도모보이[105]가 집을 돌아다닌다.

때맞지 않게 곳곳을 어슬렁거리며
모든 일에 훼방을 놓는다.
가운을 입고 살금살금 침대로 가고,
식탁보를 끌어당겨 벗긴다.

문간에서 발도 닦지 않고
세찬 바람과 함께 달려 들어오고,
여인과 춤추듯 커튼을
천장까지 솟구치도록 빙빙 돌린다.

이 무식한 장난꾸러기는,
이 환영이자 이중인격은 누구인가?
그렇다, 이자는 여름 휴가를 우리 다차에서
묵으며 보내는 손님이다.

그의 길지 않은 휴가 기간을 통틀어
우리는 집 전부를 그에게 내준다.

242

뇌우를 가진 7월이, 7월의 대기가
우리 집 방들을 세냈다.

옷을 입고 민들레 솜털을,
우엉을 뽑는 7월.
창을 통해 집으로 들어오는,
계속 큰 소리로 떠드는 7월.

옷차림이 단정치 못한 초원의 사람,
보리수 냄새와 풀 냄새로,
근채와 회향풀 냄새로 충만한
7월의 초원의 대기.

1956

날이 갤 때

Когда разгуляется

둥근 접시 같은 큰 호수.
호수 너머, 준엄한 산악 빙하의
하얀 무더기가 되어
쌓인 구름들.

빛의 변화에 따라
숲도 색조를 바꾼다.
전부 타오르는가 하면 쌓인 그을음의
검은 그림자에 덮인다.

비 내리는 날들이 지나고 먹구름 사이로
푸른 하늘이 모습을 보이게 될 때,
하늘이 뚫린 곳은 축제같이 얼마나 흥겨운가!
풀은 얼마나 환희에 가득 차 있는가!

저 먼 광활한 땅을 깨끗이 씻기고 바람이 잦아든다.
대지에 햇살이 넘쳐흐른다.
색 유리창에 그린 그림 같은
푸른 잎들을 통해 빛이 비친다.

교회 창문턱 벽화 속에서
성자들과 수도사들과 황제들이

244

희미하게 빛나는 불면(不眠)의 관을 쓰고
그렇게 안에서 영원을 들여다본다.

사원 내부가 광활한 대지 같고,
때때로 창 너머로
먼 합창의 메아리가
내 귓전에 들려온다.

자연, 세상, 우주의 은신처,
나는 내밀한 떨림에 휩싸여
행복의 눈물을 흘리며
당신의 오랜 예배를 끝까지 본다.

1956

가을 숲

Осенний лес

가을 숲이 부스스해졌다.
그늘이, 잠이, 고요가 숲에 가득하다.
다람쥐도, 올빼미도, 딱따구리도
숲의 잠을 깨우지 못한다.

태양이 해 질 녘에
가을의 오솔길을 따라 숲에 들어가며
덫이 감추어져 있지 않을까 불안해서
눈을 찡그리고 주위를 둘러본다.

숲에는 늪, 둔덕과 사시나무,
이끼, 오리나무 덤불.
숲의 습지 너머 어느 마을에서
수탉들이 노래한다.

한 수탉이 마음껏 울음을 토하고는
이제 다시 오래 침묵한다.
이 노래에 무슨 의미가 있는지
어리둥절한 모양이다.

하지만 어딘가 먼 구석에서
이웃이 꼬끼오 하고 길게 울 것이다.

초소에 있는 보초처럼
그 수탉이 응답할 것이다.

그의 대답이 메아리처럼 울릴 것이다.
그러면 수탉들이 연이어
동쪽과 서쪽, 북쪽, 남쪽을
이정표처럼 목소리로 표시할 것이다.

수탉들이 외쳐 부르는 소리에
가장자리로 몸을 비킨 숲이
들판과 저 먼 광활한 땅과 푸른 하늘을
낯설어하며 다시 볼 것이다.

1956

첫 서리

Заморозки

차가운 아침에 안개에 잠긴 태양이
연기 속 불기둥이 되어 서 있다.
서투른 사진에 나온 것처럼 나도
태양에게 전혀 분간이 안 된다.

태양이 연못 너머 풀밭에서 빛나고서
어둠에서 나올 때까지,
먼 기슭에서 나무들은
나를 잘 보지 못한다.

행인은 그가 지나가는 것보다 늦게
안개 속에 잠기고서 인지된다.
살을 에는 추위가 거위의 껍질로 덮여 있고
대기는 연지 막처럼 거짓되다.

너는 깔린 거적 위를 걷듯
작은 길의 서리 위를 걷는다.
감자 줄기 냄새와 한기에
땅이 넌더리를 낸다.

1956

황금 가을

Золотая осень

가을. 모두가 둘러보도록
열린 동화의 궁전.
넋을 잃고 호수를 들여다보던
숲속 길의 빈터.

그림 전시회에 온 것 같구나.
홀, 홀, 홀,
전에 없던 금박을 입은
느릅나무와 물푸레나무와 사시나무의 홀.

신부의 왕관 같은
보리수의 황금 테.
혼례의 투명한 면사포 아래
자작나무의 얼굴.

도랑에서, 구덩이에서
잎 아래 매장된 땅.
마치 금박을 입힌 뼈대 같은
곁채의 노란 단풍나무들 속에서.

9월의 나무들이
새벽노을 질 때 쌍으로 서 있고,

석양이 그들의 껍질에
호박의 자국을 남기는 곳에서.

모두에게 알려지지 않도록
골짜기에 들어서면 안 되는,
발밑에서 나뭇잎이 맹렬히 날뛰어
한 걸음도 옮기지 못하는 곳에서.

오솔길 끝 가파른 내리막 곁에서
메아리가 울리고,
노을의 버찌 아교가
얼어서 한 덩어리로 굳는 곳에서.

가을. 헌 책과 옷과 무기의
아주 오랜 구석.
한기가 보물 일람표의
페이지를 넘긴다.

1956

밤[106]

Ночь

잠든 세상 위를
비행사가 날아
구름 속으로 멀어져 가는 동안, 밤은
지체 없이 흘러 사라진다.

그는 안개에 빠졌고,
수놓은 작은 십자가가 되고
세탁물 표가 되어
안개의 흐름 속에서 사라졌다.

그의 아래에는 밤의 술집들,
낯선 도시들,
병영들, 화부들,
역들, 기차들.

날개의 그림자가 전부
구름 위에 내려앉는다.
하늘의 몸들이
한 덩어리로 뭉쳐서 배회한다.

은하수가 무섭게, 무섭게
몸을 기울여

알려지지 않은 다른 어떤
우주들을 향했다.

무한한 공간들 속에서
대륙들이 타오른다.
지하실들과 기관실들에서
화부들이 자지 않는다.

파리의 지붕 밑에서
금성이나 화성이[107]
어떤 새로운 익살극의 포스터가
나붙었는지 바라본다.

저 먼 멋진 곳의
기와로 덮인
오래된 다락에서
누군가는 잠이 오지 않는다.

드넓은 하늘이
한밤에 그가 잠긴 근심의
대상에 관계되는 듯,
그는 행성을 바라보고 있다.

자지 마라, 자지 마라, 일헤라,
일을 그치지 마라,
비행사처럼, 별처럼,
자지 마라, 졸음과 싸워라.

자지 마라, 자지 마라, 예술가여,
잠에 굴복하지 마라.
너는 시간의 포로로 잡힌
영원의 인질.

1956

지평선이 불길하고 급작스럽다[108]

Зловещ горизонт и внезапен...

지평선이 불길하고 급작스럽다.
피멍 든 아침노을이
아물지 않은 상처 자국 같다.
풀 베는 일꾼의 두 발에 흐르는 피 같다.

무수히 베인 하늘의 상처들,
폭풍우와 역경의 전조들.
늪지대의 대기는 물과 철과
녹 냄새를 풍긴다.

숲에서, 길에서, 골짜기에서
작은 마을이나 큰 마을에서
먹구름들에 난 그런 갈지자들이
악천후를 대지에 약속한다.

큰 수도 위 하늘 끝이
그렇게 녹빛과 핏빛으로 물들 때
권력에 무슨 일이 생기고
광풍이 나라를 덮치리라.

블로크는 하늘에서 문양들을 보았다.
큰 뇌우를, 악천후를,

위대한 폭풍우를, 태풍을
지평선 위 하늘이 그에게 예언했다.

블로크는 이 폭풍우와 동요를 기다렸다.
그 불길의 띠들이
결말의 두려움과 갈망으로
그의 삶과 시에 놓였다.

1956

길

Аврора

둑으로, 골짜기 아래로,
그러다가는 곧장 모퉁이를 돌아
길이 꿈틀대는 리본이 되어
멈추지 않고 앞으로 뻗어 간다.

구불구불 포장길이
진창에 빠지지도 먼지를 일으키지도 않고
원근의 모든 법칙에 따라
길가 들판 너머로 달려간다.

이제 길은
오리 새끼 떼가 헤엄쳐 건너는
연못을 곁눈질하지 않고
방죽을 가로질러 달려갔다.

어떨 때는 내리막으로, 어떨 때는 오르막으로
곧은 간선도로가 앞으로 달려간다.
과연 삶이란 오직 그렇게 줄곧
위로 그리고 멀리 돌진하는 것이다.

무수한 환상을 지나
장소와 시간을 지나

256

장애와 도움을 지나
삶도 목적지를 향해 질주해 간다.

굽이굽이 곁을 지나가는 길이
저 먼 광활한 땅을 활기차게 하듯,
밖에서도 집에서도 삶의 목적은
모든 것을 겪고 모든 것을 이겨 나가는 것이다.

1957

병원에서

В больнице

진열창 앞인 듯 사람들이
보도를 막다시피 하고 서 있었다.
들것을 차에 밀어 넣었다.
간호사가 차에 뛰어올랐다.

구급차가 인도와
현관 입구와 구경꾼과
한밤 거리의 소동을 지나치며
불길이 되어 어둠 속으로 사라졌다.

경찰과 거리와 얼굴이
가로등 빛 속에서 아른거렸다.
암모니아수 병과 함께
여자 간호사가 흔들렸다.

설문지를 한 줄 한 줄
서툴게 쓰는 사이
비가 내렸고, 응급실에서
배수관이 음울하게 소란을 떨었다.

입구 옆에 그를 눕혔다.
병동이 가득 차서 자리가 없었다.

지독하게 요오드 증기 냄새가 났고,
밖에서 창으로 바람이 불어왔다.

창이 정원 일부와 하늘 한 조각을
사각의 프레임에 담고 있었다.
새로 온 사람은 병실과 바닥과
가운을 살펴보고 있었다.

고개를 흔들며 자세히 묻는
간호 보조원을 통해 갑자기 그는
이 곤경에서 살아서 나갈
가망이 거의 없음을 깨달았다.

그러자 그는 감사하며 창을 바라보았다.
창밖이 벽이 마치
도시에서 난 화재의 불빛에
환히 물든 것 같았다.

거기서 관문이 놀에 붉게 물들었고,
도시의 빛 속에서 단풍나무가
옹이투성이인 가지로 환자에게
정중히 작별의 인사를 보냈다.

환자는 생각했다. '오, 주여,
당신의 일은 얼마나 완벽한지요.
침상들과 사람들과 벽들,
죽음의 밤과 한밤의 도시.

나는 진정제를 먹고
손수건을 잡아당기며 웁니다.
오, 주여, 흥분의 눈물이
당신을 보지 못하게 합니다.

침대 위로 겨우 떨어지는
흐릿한 빛 속에서 나와 내 운명을
한없이 값진 당신의 선물로 느끼니
나는 유쾌합니다.

병원 침상에서 생을 마감하며
나는 당신 두 손의 열기를 느낍니다.
당신은 수공품처럼 나를 쥐고 있고,
반지처럼 보석함에 감춥니다.'

1956

260

음악

Музыка

집이 소방서 망루같이 솟아 있었다.
구석에 있는 좁은 계단을 따라
두 장사가 종루로 종을 옮기듯
피아노를 옮기고 있었다.

율법이 새겨진 평판을
돌의 고원으로 옮기듯,
광대한 도시의 바다 위로
그랜드피아노를 끌어 올리고 있었다.

이제 악기는 응접실에 있고,
호각과 소음과 소란 속의 도시는
물 밑 전설의 바닥에 있는 것처럼
발아래 저 밑에 남았다.

발코니에서 6층의 주민이
두 손에 쥔 듯,
합법적으로 지배하는 듯
땅을 바라보았다.

안으로 돌아온 그가
다른 누구의 소곡이 아니라 자신의 생각을,

합창곡을, 웅웅대는 미사곡 소리를,
바스락대는 숲의 소리를 연주하기 시작했다.

즉흥곡의 굉음이
밤을, 불길을, 소방용 물통의 우렛소리를,
소나기 퍼붓는 가로수 길을, 덜걱대는 바퀴 소리를,
거리의 삶을, 고독한 자들의 운명을 품었다.

그렇게 쇼팽이 밤에 촛불 곁에서
예전의 꾸밈없는 소박함 대신
검은 나무 악보대 위에
자기 꿈을 적었다.

혹은 발키리의 비행[109]이
세상을 네 세대 앞지르고서,
도시의 집들의 지붕을
우렛소리로 뒤흔들었다.

혹은 우르릉 펑펑 지옥의 소리가 울리는 가운데
차이콥스키가 콘서트홀을
파올로와 프란체스카의 운명으로
눈물이 나도록 뒤흔들었다.[110]

1956

공백 후에

По**с**ле перерыва

석 달쯤 전
첫 눈보라들이
무방비의 우리 뜰을
광분하며 습격하자마자 나는

은둔자처럼 숨어서
겨울에 관한 시로
봄의 내 시 모음집을
마저 채우리라 마음먹었다.

그러나 눈 무더기같이
사소한 일들이 산더미로 쌓였다.
계산에도 불구하고 겨울이
반은 지나갔다.

왜 눈이 떨어질 때 겨울이
눈송이들로 어둠을 뚫고
뜰에서 집을 기웃거리는지
그때 나는 깨달았다.

하얗게 언 입술로 겨울이
내게 속삭이고 있었다. "서둘러!"

그래도 나는 어설픈 농담으로 얼버무리며
연필들을 다듬고 있었다.

이른 겨울 아침 내가
책상 램프 불빛 앞에 앉아서 꾸물대는 동안,
겨울이 나타나서는
알 수 없는 경고가 되어 떠났다.

1957

첫눈

Первый снег

밖에서 눈보라가 사납게 날뛰고
모든 것에 윤기를 입힌다.
신문 파는 여자는 잠들어 있고
가판대가 표류하며 떠돈다.

우리의 오랜 인생길 중에
마지못해 몰래
우리의 눈을 속이기 위해 눈이 온다고
생각된 게 한두 번이 아니다.

뉘우침을 모르고 감추는 자,
하얀 술 아래 감추고
얼마나 자주 너희를 그가
외곽에서 집에 데려다주었던가!

모든 것이 하얀 눈송이들 속에 자취를 감추고,
눈에 눈앞이 막히고,
주정뱅이처럼 손더듬이로
그림자가 마당으로 들어간다.

서두르는 움직임.
분명 다시

누군가가 죄악에 찬 무언가를
감추어야 하는 것이다.

1956

눈이 온다

Снег идет

눈이 온다, 눈이 온다.
눈보라 속 하얀 작은 별들에게로
제라늄 꽃잎들이
창살 너머로 뻗어 간다.

눈이 온다, 온통 혼란에 휩싸였다,
검은 계단의 층계들,
교차로의 모퉁이,
모든 것이 날아간다.

눈이 온다, 눈이 온다,
눈송이가 떨어지는 게 아니라,
덕지덕지 헝겊을 덧댄 외투를 입고
하늘이 땅으로 내려오는 것 같다.

괴짜의 모습을 하고
계단 맨 위 층계참부터
몰래 숨바꼭질을 하며
하늘이 다락에서 내려오는 것 같다.

삶은 기다리지 않기 때문이다.
눈을 돌리면 여기는 크리스마스.

겨우 한순간 지나면
저기는 새해.

눈이 온다, 자욱하게 눈이 온다.
눈과 보조를 맞춰, 그 걸음걸이로,
그 속도로, 같이 느릿느릿
아니면 똑같이 빨리빨리
시간이 가고 있는 걸까?

눈이 오듯이,
아니면 시 속의 말처럼
해에 해가 뒤따르는가?

눈이 온다, 눈이 온다,
눈이 온다, 온통 혼란에 휩싸였다.
하얗게 된 행인,
놀란 초목들,
교차로의 모퉁이.

1957

눈보라가 그친 후

После вьюги

눈보라가 가라앉고
주변에 정적이 찾아온다.
나는 한가한 때 강 건너
아이들의 목소리에 귀 기울인다.

나는 아마 틀렸다, 나는 실수했다,
나는 눈멀었다, 나는 정신이 나갔다.
하얀 죽은 석고의 여인처럼
겨울이 땅에 뒤로 나동그라진다.

굳게 감긴 죽은 석고 눈꺼풀을
하늘이 위에서 감상한다.
마당과 나뭇조각 하나하나, 나무의 새싹 하나하나,
모든 것이 눈에 덮였다.

강의 얼음, 건널목과 플랫폼,
숲, 선로들도, 둑도, 배수로도
울퉁불퉁한 곳 없이, 튀어나온 모서리 없이
티 없이 깨끗한 형태로 주조되어 있었다.

밤에 미처 잠들 새 없이
명료한 의식으로 소파에서 벌떡 일어나서

온 세상을 페이지 위에 놓고
연의 경계 안에 집어넣을 것.

그루터기들과 나무뿌리들이,
강변의 덤불들이 조각된 모습을,
지붕들의 바다를, 온 세상을,
눈 덮인 온 도시를 종이 위에 세울 것.

1957

모두 이루어졌다

Все сбылось

길들이 곤죽이 되었다.
나는 한옆으로 길을 헤쳐 나간다.
나는 얼음을 진흙으로 반죽처럼 발효시킨다.
걸쭉한 진흙탕을 따라 느릿느릿 걷는다.

벌거벗은 자작나무 숲 사이를
어치가 시끄럽게 울며 난다.
미완의 건축같이
숲이 빈 화차가 되어 우뚝 서 있다.

나는 숲의 빈터 사이로
미래의 삶 전부를 속속들이 본다.
아주 사소한 백 분의 일까지
그것은 모두 정당화되었고 이루어졌다.

나는 숲으로 들어가며 서두르지 않는다.
얼어붙은 눈이 층층이 내려앉는다.
메아리가 새에게 하듯 내게 화답할 것이다,
온 세상이 내게 길을 열어 줄 것이다.

벌거벗은 땅이 드러난
흠뻑 젖은 모래와 점토가 섞인 지대 가운데에서

작은 새 한 마리가 소리 죽여
몇 초마다 지저귄다.

뮤직 박스 같은
새소리를 숲이 엿듣는다,
목소리를 이어받아 울려 퍼지게 하고
소리가 사라지기를 오래 기다린다.

그때 나는 5베르스타 정도 떨어진
먼 측량 이정표 곁에서
걸음이 바스락거리고, 나무들에서 물방울이 떨어지고
눈이 지붕에서 털썩 떨어지는 소리를 듣는다.

1958

폭풍이 지나간 후

После грозы

대기가 지나간 폭풍으로 가득하다.
모든 것이 되살아나서 천국인 듯 숨 쉰다.
라일락이 자주색 꽃송이를 전부 터뜨리고
싱그러운 공기의 물결을 들이마신다.

날씨의 변화로 모든 것이 살아 있다.
빗물이 지붕의 홈통에서 흘러넘치지만,
하늘이 점점 밝아 오고
검은 구름 너머 높은 하늘이 푸르다.

예술가의 손이 훨씬 더 능숙하게
모든 사물에서 오물과 먼지를 씻어 낸다.
삶이, 현실과 지난날이 그의 염색 공장에서
더욱 변모된 모습으로 나온다.

반세기에 대한 회상이
휩쓸고 지나간 폭풍처럼 뒤로 멀어져 간다.
백 년이 그 시절의 후견에서 나왔다.
미래에 길을 내줄 때다.

새로운 삶을 위해 길을 치우는 것은
동란이 아니다, 혁명이 아니다,

누구의 것이든 불붙은 영혼의
계시다, 폭풍이다, 너그러움이다.

노벨상

Нобелевская премия

나는 덫에 긴힌 짐승처럼 끝장났다.
어딘가에 있을 사람들, 자유, 빛.
그러나 나를 추적하는 시끄러운 소리.
내가 밖으로 나갈 길은 없다.

어두운 숲과 연못 기슭,
쓰러진 전나무의 통나무.
길은 사방으로 잘려 있다.
무슨 일이 닥치든 상관없다.

내가 무슨 더러운 일을 했단 말인가?
내가 살인자인가? 악당인가?
나는 내 땅의 아름다움을 써서
온 세상이 울게 만들었을 뿐.

거의 무덤가에서 그래도 나는
그때가, 선한 정신이
비겁하고 사악한 세력을 물리칠
그날이 오리라 믿는다.

1959

넓은 세상

Божий мир

머리카락보다 가는 저녁의 그림자들이
나무들 뒤에서 길게 뻗어 간다.
우편배달부 처녀가 숲길에서
내게 우편 꾸러미를 건넨다.

고양이 발자국을 따라, 여우 발자국을 따라,
고양이와 여우의 발자국을 따라
나는 편지 꾸러미를 들고
내가 기쁨에 자유를 줄 집으로 돌아온다.

산들, 나라들, 국경들, 호수들,
지협들과 대륙들,
토론들, 보고들, 검토들,
아이들, 청년들과 노인들.

남자들의 훌륭한 편지들이여!
생각의 딱딱한 표현들이
지적인 논리를 보여 주지 않을
그런 편지는 그대들 사이에 없다.

여인들의 값진 편지들이여!
과연 나도 구름에서 떨어졌다.

지금 그리고 영원히 그대들에게 맹세한다.
영원히 언제까지나 나는 그대들 섯이다.

이런 참, 그대들, 우표 수집가들이여!
단지 찰나의 한순간에,
오, 비참한 내 자리에서
그대들이 어떤 선물을 얻는단 말인가!

1959

유일무이한 날들

Единственные дни

지나간 많은 겨울에 걸쳐
나는 동지의 날들을 기억한다.
저마다 반복될 수 없이 특이했고
저마다 다시 수없이 되풀이되었다.

이 일련의 날들이 전부
우리에게 시간이 멈춘 것같이 보이는
그 유일무이한 날들을
점차 이루었다.

나는 그들을 빠짐없이 모두 기억한다.
겨울이 한복판에 접어든다,
길들이 축축해진다, 지붕에서 물이 떨어지고
해가 얼음 위에서 데워진다.

연인들이 꿈인 듯
허둥지둥 서로에게 끌리고,
나무 꼭대기에서
둥지 상자들이 온기에 땀을 흘린다.

잠에 취한 듯 시곗바늘이
귀찮아서 시계 문자판을 빈둥대고,

하루가 세기보다 길게 이어지고,
포옹이 끝날 줄을 모른다.

1959

1) 1928년 시인이 첫 시집『구름 속의 쌍둥이(Близнец в тучах)』(1913)에
   실었던 시들을 간추리고 동인지『서정시(Лирика)』(1913)에 실었던 시들과
   함께 개작한 시 모음으로 시 전집의 1부를 이룬다.

2) 하르피이아는 고대 그리스 신화에서 날개 달린 괴물의 모습을 하고 불을
   뿜던 폭풍의 여신. "하르피이아의 입마개"는 불타는 석탄 조각이 날리는
   것을 막기 위해 증기기관차 굴뚝에 씌우던 격자의 비유.

3) 별자리의 전갈자리.

4) 1916년 출간된 두 번째 시집으로 1928년『구름 속의 쌍둥이』와 함께
   개작되었다.

5) 옐리자베타 여제(Елизавета Петровна Романова, 1709-1762)의 딸을
   참칭하다 페트로파블롭스카야 요새에 감금되어, 전설에 따르면 1775년
   페테르부르크 홍수로 인해 죽음을 맞은 것으로 알려진 여인.

6) 고래수염으로 만든 버팀살로 넓게 퍼지게 한 화려한 치마.

7) 두 선율 사이의 빠르고 연속적인 꾸밈음.

8) 1912년 파스테르나크가 철학 강의를 들었고 첫사랑의 파국을 겪은 독일의
   대학 도시.

9) 약초.

10) 러시아 낭만주의 시인 미하일 레르몬토프(М. Лермонтов, 1814-1841).

11) Nikolaus Lenau(1802-1850). 오스트리아 낭만주의 시인.

12) 레르몬토프의 서사시「악마」(1841)이 주제와 형상에 바친 시로, 시집의
   프롤로그.

13) 레르몬토프의「악마」의 여주인공.

14) 원뿔 모양의 민속 목관악기.

15) 옛 러시아 길이 단위로 약 0.71미터.

16) 베두인의 망토.

17) 영국 시인 조지 바이런(George Gordon Byron, 1788-1824)과 미국 작가
   에드가 포(Edgar Allan Poe, 1809-1849)는 레르몬토프와 함께 '낭만주의적
   악마주의'의 화신인 시인들.

18) 캅카스에 있는 협곡으로, 레르몬토프의 서사시「악마」에서 묘사된 낭만적
   공간.

19) 볼고그라드 주에 있는 도시 카미신으로 이어지는 철도.
20) 시인이 스물세 살에 부모로부터 독립해 생활한 셋방의 비유. 당시 성냥갑에 "붉은 등자나무"가 그려져 있었다.
21) 로마 종교에서 화로(부엌)의 여신 베스타를 섬기며 의식을 집전하는 순결한 처녀.
22) 별자리 헤라클레스자리를 의미.
23) 알렉산드르 케렌스키(Александр Керенский, 1881-1970). 1917년 '2월 혁명'으로 수립된 임시정부의 수반.
24) 셰익스피어(William Shakespeare, 1564-1616)의 비극 「오셀로」(1604)의 여주인공으로 죽음을 앞두고 버들에 대한 노래를 부른다.
25) 셰익스피어의 비극 「햄릿」(1601)의 여주인공으로 손에 나뭇가지와 꽃을 쥐고 익사한다.
26) 모차르트(Wolfgang Amadeus Mozart, 1756-1791)의 오페라 「피가로의 결혼」(1786).
27) 체스의 말 중 가장 강한 말.
28) 모스크바의 지역.
29) 성삼위일체주일 민속 축제 광경.
30) 시인이 독일어 원문을 그대로 제목 삼았는데, 하이네(Heinrich Heine, 1797-1856)의 시 「너는 다이아몬드와 진주를 가졌네(Du hast Diamanten und Perlen…)」(1827)의 후렴구.
31) 텃밭이 딸린 별장.
32) 볏과의 여러해살이 풀.
33) 크림반도 동부에 위치한 도시.
34) 사라토프주 발라쇼프현의 마을. '고통'을 뜻하는 러시아어 '무카(мука)'를 연상시키는 지명.
35) 모스크바의 환유.
36) 프랑스 세밀화가 장 앙투안 바토(Jean Antoine Watteau, 1684- 1721).
37) 바토의 회화적 세밀화로 장식된 담뱃갑. 저속한 실용 예술의 형상.
38) 광인의 모습을 하고 방랑자의 삶을 산 종교적 광신자. 러시아 정교회에서 '유로디비'는 진실을 느끼고 말하는 백치, '바보 성자'로 여겨져 존경과 두려움의 대상이었다.
39) 뿌리에서 붉은색 염료를 얻는 식물.
40) 솔로몬이 쓴 구약성서 중 한 권.
41) 연인, 동맹, 분열된 온 세상의 통합의 신. 리투아니아 대공 야가일로(Jogaila,

1362-1434)와 폴란드 여왕 야드비가(Jadwiga, 1373-1399)의 혼인이 폴란드와 리투아니아 연합의 토대를 놓았다.

42) 알렉산드르 푸시킨(Александр Пушкин, 1799-1837)의 시.

43) 근육 경련을 일으키고 질식이나 탈진으로 사망에 이르게 하는 독성 물질.

44) 수은 기압계를 발명한 이탈리아의 물리학자 에반젤리스타 토리첼리(Evangelista Torricelli, 1608-1647).

45) "세바스찬"은 요한 세바스찬 바흐(Johann Sebastian Bach, 1685-1750), "입술"은 오르간의 순관을 의미한다.

46) 괴테(Johann Wolfgang von Goethe, 1749-1832)의 소설『젊은 베르테르의 슬픔』(1774).

47) 약강격 운율.

48) 자기 세대의 시인들에 관한 말로, 파스테르나크 자신을 비롯해 블라디미르 마야콥스키(Владимир Маяковский, 1893-1930)와 니콜라이 아세예프(Николай Асеев, 1889-1963)를 의미.

49) 당시 변두리이던 모스크바의 거리.

50) 나폴레옹의 프랑스군과 벌인 보로디노 전투 전야의 셰바르디노 마을 부근 전투를 암시하며, 영감과의 싸움에서 패배하는 시인에 대한 은유.

51) 각 시행의 첫 철자들이 낱말을 이루는 시.

52) 북캅카스 중심부에 있는 도시.

53) 1베르스타는 1.067킬로미터.

54) 북캅카스의 자치 공화국.

55) 조지아(당시에는 그루지야) 동부의 산악 마을.

56) 우크라이나의 도시.

57) 고대 러시아 영웅 서사시 「이고리 원정기」(1185)에서 이고리의 아내가 남편이 원정 중에 포로가 된 것을 슬퍼하며 통곡하는 장면에 대한 암시.

58) 조지아의 흑해 연안 휴양도시.

59) 조지아의 남서쪽 끝 지방.

60) 당시 키예프 근교의 다차촌으로 시인의 새로운 사랑이 싹튼 곳.

61) 노란색 날염 직물의 일종.

62) 플라톤의 대화편 중 하나로 사랑에 관한 철학적 대화.

63) 고대 그리스의 철학자이자『향연』의 여주인공 중 하나로, 플라톤 사랑의 개념의 기원.

64) 푸시킨의 소비극「페스트가 일 때의 향연」(1830)의 인물.

65) 볏과의 여러해살이 야생화.

66) 고대 신들의 향연을 암시.

67) 러시아 정교의 성자로, 러시아 민담에서 슬라브 신화의 '페룬'과 동일시되는 천둥과 번개의 신. 그리스 신화의 제우스에 해당한다.

68) 지붕이 없는 사륜마차.

69) 시인이 살았던 모스크바의 거리.

70) 키예프를 끼고 흐르는 강으로 중부 러시아에서 발원하여 벨로루시와 우크라이나를 거쳐 흑해로 흘러든다.

71) 마야콥스키의 자살에 대한 시적 반향으로 러시아 시인의 비극적 운명에 관한 시.

72) 사회주의에 대한 파스테르나크의 모순된 태도, 그의 동요가 투영된 시.

73) 전등을 말함.

74) 1931년 노동절 행사에 부친 시로, 소비에트 관제 문학의 문맥에서 보면 사소한 울림을 지닌다.

75) 푸시킨의 시 「영광과 선에 대한 희망 속에서」(1826)의 시구들이 인용되고 변주된 시. 스탈린(Иосиф Сталин, 1878-1953)의 시대와 표트르 대제(Петр Великий, 1672-1725)의 근대화 시대의 역사적 병치 속에서 시대에 대한 시인의 고뇌가 표출된다.

76) 조지아 서부의 쿠타이시 근교에 있는 수도원.

77) 높은 털모자.

78) 눈 아가씨. 러시아의 산타클로스인 '데드 모로스'(얼음 할아버지)의 파트너.

79) 겟세마네 동산에서 그리스도가 한 기도의 말(「마가복음」 14장 36절).

80) 수난 목요일 저녁에 이루어지는 그리스도 수난 예배.

81) 인간과 자연이 하나가 되어 그리스도의 죽음을 애도한다.

82) 정교회 교회의 승단으로 들어가는 두 짝으로 여닫는 문으로 천국의 문을 상징.

83) 금요일에서 토요일로 이어지는 밤에 장례식을 상징하는 행렬이 관 속의 그리스도를 그린 천을 들고 사원 주위를 도는 것.

84) 수난토요일에 부르는 노래의 첫 구절을 바꾼 것. "인간의 모든 육체가 침묵한다." 봄의 모티프가 부활의 희망과 결부되어 있다.

85) 페테르부르크의 한 구역.

86) 시인의 상징.

87) 빌리나(고대 영웅담 노래) 「일리야 무로메츠와 강도 나이팅게일」의 등장인물.

88) 동슬라브 신화에서 숲의 정령.

89) '승마 연습장'을 뜻하는 말로 모스크바 중심부에 있는 유서 깊은 건물.

90) '아낙의 여름'이란 뜻으로 9월 초순 초가을의 밝고 따뜻한 며칠.

91) 정향나무 꽃봉오리를 말린 향료.

92) 시대의 생활상이나 풍습을 반영하는 러시아 속요.

93) 그리스 신화에 등장하는 지하 세계의 심연.

94) 우랄에 특히 널리 퍼진 민요 「길들이 초목에 뒤덮였네」 첫 구절의 변용.

95) 봉분이 있는 고분.

96) 1918년 1월까지 사용·된 율리우스력. 신력인 그레고리력보다 약 2주 늦다.

97) 타보르산. 예수 그리스도가 영광스럽게 변모한 곳으로 전해지는 이스라엘의 산.

98) 그리스도를 말한다.

99) 최후의 만찬에 대한 암시.

100) 두건 달린 겉옷.

101) 마르셀 프루스트(Marcel Proust, 1871-1922)의 연작 소설 『잃어버린 시간을 찾아서』(1906-1922)의 마지막 3권 『되찾은 시간』에서 취한 제사.

102) 인간은 현상을 깊이 파고들 수 없다는 제사의 의미에 반하는 시인의 지향.

103) 「갈라디아서」 2장 6절에서 사도 바울이 한 말을 연상시키는 구절.
  "유명하다는 이들이 어떠했든 그들 속에 내게 특별한 것은 아무것도 없고 ……"자살로 삶을 마감한 마야콥스키의 운명과는 다른 시인의 길에 대한 생각이 이 연상과 결부되어 있다.

104) 「갈라디아서」 1장 4절을 연상시킨다. "그리스도께서 …… 우리 죄를 대속하기 위하여 자기 몸을 주셨으니." 「햄릿」과 유리 지바고의 다른 시들에서 전개된 그리스도의 십자가가 고난의 주제를 함축하고 있다.

105) 슬라브 민간 신앙에서 집의 수호 정령.

106) 생텍쥐페리(Antoine Marie Jean-Baptiste Roger de Saint-Exupéry, 1900-1944) 작품의 시적 변주.

107) 금성은 사랑과 미, 화성은 전쟁의 상징.

108) 러시아 상징주의를 대표하는 시인으로 변혁의 시대의 징기이었던 알렉산드르 블로크(Александр Блок, 1880-1921)에 관한 4편의 연작시 「바람(블로크에 관한 네 단편)」(1956)의 마지막 시. 블로크는 파스테르나크가 갈구한 창작의 자유와 진정성의 상징이다. 이 마지막 시에서 '바람'은 시대의 표상인 시인의 실존을 관통한 혼돈의 러시아의 모습이며, 블로크의 초상에는 파스테르나크가 그린 햄릿의 드라마가 투영된다.

109) 리하르트 바그너(Wilhelm Richard Wagner, 1813-1883) 악극의 에피소드.

110) 표트르 차이콥스키(Петр Чайковский, 1840-1893)가 단테(Durante degli Alighieri, 1265-1321)의 『신곡』(1308-1321)에서 영감을 받아 작곡한 환상 교향곡 「프란체스카 다 라미니」(1876).

1890년	2월 10일 모스크바에서 화가인 아버지 레오니드 오시포비치와 피아니스트인 어머니 로잘리야 이시도로브나 사이에서 장남으로 태어난다.
1900년	모스크바에 온 독일 시인 릴케와 만난다.
1901년	모스크바 제5 김나지움 입학.
1903년	알렉산드르 스크랴빈을 만나 6년에 걸친 진지한 음악 수업을 시작한다. 말에서 떨어져 오른쪽 다리를 다친다. 다리를 절게 된 탓에 후에 군 복무를 할 수 없게 된다.
1908년	김나지움을 우등으로 졸업하고 모스크바 대학 법학부에 입학한다.
1909년	음악을 포기하고 문학에 대한 진지한 관심을 드러낸다. 철학을 공부하기 위해 역사문헌학부로 전과한다.
1910년	아버지와 함께 레프 톨스토이의 장례식에 간다.
1912년	마르부르크 대학에서 여름 학기 철학 세미나를 듣는다. 2주 동안 이탈리아를 여행하고 러시아로 돌아온다.
1913년	모스크바 대학 철학과 졸업. 무사게트 출판사 산하의 미학 연구 모임에서 시론 「상징주의와 불멸」을 발표한다. 본격적으로 시를 쓰고 동인기 『서정시』에 다섯 편의 시를 발표한다. 첫 시집 『구름 속의 쌍둥이』 출간.
1914년	러시아가 제1차 세계대전에 돌입한다. '서정시' 동인과 결별하고 미래주의자 시인 그룹 '첸트리푸가' 결성에 참여한다. '첸트리푸가'의 첫 선집에 시와 시론을 싣는다. 블라디미르 마야콥스키를 만난다.
1915-1917년	우랄의 화학 공장에서 사무원으로 일한다.
1916년	'첸트리푸가'의 두 번째 선집에 시를 싣는다. 모스크바로 돌아왔다가 겨울에 다시 우랄로 간다. 두 번째 시집

『장벽을 넘어』 출간.

1917년   2월 혁명 소식을 듣고 모스크바로 돌아온다. 시집『나의
        누이인 삶』의 대다수 시를 쓴다. 10월 혁명의 결과로
        볼셰비키가 정권을 잡는다.

1918년   '소비에트 교육 인민위원회'에서 사서로 일한다. 소비에트
        정부가 독일과 강화조약을 맺는다. 내전이 시작된다. 중편
        「류베르스의 어린 시절」 집필. 마리나 츠베타예바를 처음
        만난다.

1919년   시집『주제와 변주』를 쓴다.

1920년   마야콥스키와 멀어진다.

1921년   부모와 두 누이동생이 독일로 망명한다. 내전이 종식된다.

1922년   오시프 만델시탐 부부와 알게 된다. 화가 예브게니야
        루리예와 결혼한다. 세 번째 시집『나의 누이인 삶』의
        출간과 함께 시인으로서 명성이 확립된다. 프랑스에서 살고
        있던 츠베타예바와 편지를 주고받기 시작한다. 아내와
        함께 베를린으로 간다. 2년간 독일에 머물며 베를린 망명
        문학계에서 활동한다.

1923년   네 번째 시집『주제와 변주』를 베를린에서 출간한다.
        아내와 함께 마르부르크를 방문한다. 러시아로 돌아가기
        전 마지막으로 부모를 만난다. 아들 예브게니가 태어난다.
        서사시 「고상한 질병」의 초고를 쓴다.

1924년   중편 「공중의 길」 집필.

1925년   시 소설 「스펙토르스키」 집필 시작. 서사시 「1905년」의 첫
        장들 집필.

1926년   서사시 「시미트 중위」 집필. 아버지가 보낸 편지에서 릴케가
        그의 시를 알고 있고 높이 평가한다는 소식을 접한다. 릴케
        작고.

1927년   《노비 미르》에 「시미트 중위」 발표.

1928년   「1905년」과 「시미트 중위」를 책으로 출간한다. 초기 시와

「고상한 질병」 개작. 「스펙토르스키」 집필 지속. 산문
「이야기」 집필.

1929년 자전적 산문 『안전 통행증』 1부 집필.《노비 미르》에
「이야기」 게재.《즈베즈다》에 『안전 통행증』 1부 발표.
「스펙토르스키」 결말 집필. 마지막으로 마야콥스키와
화해틀 시도한다.

1930년 4월 14일 마야콥스키가 자살한다. 이르펜 여행. 지나이다
니콜라예브나 네이가우즈와 사랑이 싹튼다. 『안전 통행증』
2부와 3부 집필. 모스크바를 방문한 그루지야(현재의 조지아)
시인 파올로 야시빌리를 알게 된다.

1931년 《크라스나야 노비》에 『안전 통행증』 결말 게재. 지나이다
니콜라예브나와 함께 파올로 야시빌리를 찾아간다. 첫
그루지야 여행. 그루지야 시인들과 우정을 쌓는다.

1932년 『안전 통행증』을 책으로 출판한다. 시집 『제2의 탄생』 출간.
첫 아내와 결별하고 지나이다 니콜라예브나와 재혼한다.

1933년 작가 사절단의 일원으로 두 번째 그루지야 방문.

1934년 만델시탐이 체포된다. 스탈린과 통화한다. 제1차 소비에트
작가동맹 회의에서 기립박수를 받으며 연설한다.

1935년 그루지야 시를 번역한 『그루지야의 서정시인들』 출간.
우울증과 불면증으로 고통 받는다. 파리에서 개최된
'문화 보호를 위한 반파시스트 국제회의'에 파견된다.
베를린에서 여동생 조제피나를 마지막으로 만난다. 마리나
츠베타예바를 만난다. 시인 레프 구밀료프가 체포된다.
안나 아흐마토바와 함께 스탈린에게 편지를 보낸다.
구밀료프가 석방되고, 파스테르나크는 스탈린에게 책
『그루지야의 서정시인들』과 감사의 편지를 보낸다.

1936년 민스크에서 열린 작가동맹 이사회 3차 회의에서 틀에 박힌
문학 양식과 관료적 획일화에 반대하는 연설을 한다. 관제
언론의 시인에 대한 공격이 강화된다. 공식적인 문학적

삶을 멀리하기 위해 페레델키노의 다차로 떠나 번역에
몰두한다.

1937년 모반 혐의로 기소된 일단의 장군들을 처형하는 데
동의하는 편지에 서명하기를 거부한다. 그루지야 시인
파올로 야시빌리가 자살하고 티치안 타비드제가 체포되어
처형된다.

1938년 아들 레오니드가 태어난다. 「햄릿」번역. 만델시탐이
수용소에서 죽는다.

1939년 츠베타예바가 망명에서 돌아온다. 옥스퍼드에서 어머니
작고. 제2차 세계대전 발발. 소설 「지불트의 수기」의
초고를 쓰지만 전쟁 중에 없어진다.

1940년 서구 시 『번역 선집』 출간. '페레델키노' 연작의 첫 시들을
쓴다.《몰로다야 그바르디야》에 「햄릿」번역 게재.

1941년 히틀러의 침공으로 가족과 함께 우랄의 치스토폴로
소개된다. 츠베타예바가 자살한다.

1942년 「로미오와 줄리엣」번역. 희곡 「이 세상」의 마지막 초고를
쓰고는 파기해 버린다. 모스크바로 돌아왔다가 다시
치스토폴로 떠난다.

1943년 가족과 함께 모스크바로 돌아온다. 시집 『이른 기차를
타고』 출간. 작가 사절단의 일원으로 해방된 서부전선의
오룔 지방을 방문하고 오체르크 「전선 기행」과 「해방된
도시」를 쓴다.《크라스나야 즈베즈다》에 서사시 「노을」의
프롤로그 게재.

1944년 서사시 「노을」과 전쟁 시를 쓴다.

1945년 2차 세계대전 종식. 『닥터 지바고』 집필을 시작한다.
시선 『광활한 땅』을 출간하고 악평을 받는다.
아버지가 옥스퍼드에서 작고. 그루지야 시인 니콜로즈
바라타시빌리의 시와 서사시 번역. 외교관으로 온 영국
사상가 아이자이아 벌린과 알게 된다.

1946년	파스테르나크가 번역한 「햄릿」 초연. 처음으로 노벨 문학상 후보에 오른다. 언론과 작가 집단의 신랄한 공격에 처한다. 올가 이빈스카야를 만나 삶이 끝날 때까지 관계를 지속한다.
1947년	《노비 미르》로부터 시 발표를 거절당한다. 「리어왕」 번역.
1948년	'소비에트 문학의 황금 시리즈'로 나온 파스테르나크『선집』 25000부가 파기된다. 『파우스트』 1부 번역.
1949년	올가 이빈스카야가 "스파이 활동으로 의심받는 인물과 가까이 지낸다."는 죄목으로 체포된다. 『파우스트』 2부 번역.
1950년	두 번의 심근경색으로 고통을 받는다. 『닥터 지바고』 1권 집필을 끝낸다.
1952년	심근경색으로 두 달간 병원에 입원한다.
1953년	스탈린이 죽는다. 「유리 지바고의 시」를 마무리한다. 올가 이빈스카야가 수용소에서 돌아온다.
1954년	《즈나먀》에 '소설의 시' 10편 게재. 두 번째로 노벨 문학상 후보에 오른다. 소비에트 정부는 미하일 숄로호프를 대신 추천한다. 악평에 시달린다.
1955년	『닥터 지바고』 집필을 마무리한다.
1956년	《노비 미르》와 《즈나먀》 편집진에 소설 원고를 보내지만 게재를 거절당한다. 원고를 이탈리아의 펠트리넬리 출판사로 보낸다. 자전적 산문 『사람들과 상황』을 쓴다. 시집 『날이 갤 때』를 쓰기 시작한다.
1957년	시 선집 출판 계획이 무산된다. 이탈리아에서 『의사 지바고』가 출간되자마자 베스트셀러가 되고 수많은 다른 외국어로 번역된다.
1958년	노벨 문학상 수상자로 선정. 작가동맹에서 제명되고 중상에 찬 이데올로기 캠페인에 시달린다. 추방의 위협에 직면해 노벨상 수상을 거절한다. 흐루쇼프에게 보내는

탄원 편지가 《프라브다》에 실린다. 자전적 산문 『사람들과 상황』이 이탈리아와 프랑스에서 출간된다.

1959년   마지막 시집 『날이 갤 때』가 파리에서 출간된다. 펠트리넬리 출판사가 『닥터 지바고』를 러시아어로 출간한다. 영국 신문 《데일리 메일》에 시 「노벨 문학상」이 실리자 조국에 대한 배신 행위로 기소되고 외국인과의 접촉을 금지당한다. 소련을 방문한 영국 총리 해럴드 맥밀런과 만나지 못하도록 당국이 그를 아내와 함께 그루지야로 보낸다. 희곡 「눈 먼 미녀」 집필.

1960년   5월 30일 페레델키노에서 폐암으로 영면한다. 페레델키노 묘지에 비밀리에 안장되었음에도 4000명 이상의 사람들이 시인의 마지막 길을 배웅한다. 올가 이빈스카야와 그녀의 딸이 반역죄로 체포된다.

1965년   '시인의 서재' 시리즈의 하나로 『파스테르나크 시선』이 출판된다.

1988년   《노비 미르》에 소설 『닥터 지바고』가 게재된다.

1989년   아들 예브게니 보리소비치가 노벨 문학상 증서와 메달을 대신 받는다.

1990년   페레델키노에 파스테르나크 집 박물관이 문을 연다.

1990-1991년   다섯 권으로 된 『파스테르나크 작품집』 출간.

2003-2005년   열한 권으로 된 『파스테르나크 전집』 출간.

아버지 레오니드가 그린
릴케의 초상화

레오니드가 그린 파스테르나크(왼쪽) 형제(1900년대)

레오니드 파스테르나크, 「피아니스트 반다 란도프스카의 모스크바 콘서트」(1907년)

레오니드 파스테르나크, 「창작의 열정」

레오니드 파스테르나크, 그린 전쟁과 평화 장면에서(1893년)

레오니드 파스테르나크, 「시험 전날 밤」(1895년)

보리스 파스테르나크(1959년)

파스테르나크 가족(1920년대)

"모든 것에서 나는 본질에 다다르고 싶다."

최종술

시인의 탄생

1958년 노벨 문학상 수상자로 선정된 보리스 파스테르나크(Boris Pasternak, 1890-1960)는 20세기 세계 시인의 반열에 오른 러시아 시인이다. 우리에게 『닥터 지바고(Doktor Zhivago)』(1957)의 작가로 널리 알려진 파스테르나크는 뛰어난 산문가이자 번역가이기도 했지만 다른 무엇보다 그는 우선 시인이다. 여느 위대한 시인이 그렇듯 그의 시에는 시대의 자국이 깊이 각인되어 있다. 파스테르나크는 삶에서 세 번의 혁명과 세 번의 전쟁을 겪었다. 청년기에 제정 러시아의 몰락과 볼셰비키 정권의 수립을 맞았고, 스탈린(Iosif Stalin, 1879-1953) 독재의 악몽 속에서 지속적인 정치적 공격에 시달렸지만 살아남아서 독재자의 죽음을 지켜보았다. 그러나 독재자가 죽고 사회와 문화의 상대적 자유화의 물결이 일었음에도 그는 『의사 지바고』를 외국에서 출판하고서 정치적 선동의 희생양이 되어 쓰러졌다.

파스테르나크 세대의 러시아 문학에는 비단 그뿐 아니라 블라디미르 마야콥스키(Vladimir Mayakovskii, 1893-1930), 오시프 만델시탐(Osip Mandel'shtam, 1891-1938), 마리나 츠베타예바(Marina Tsvetaeva, 1892-1941), 안나 아흐마토바(Anna Akhmatova, 1889-1966) 등 저명한 시인들이 많았다. 그러나 동시대에 국제적 명성을 얻은 시인은 파스테르나크가 유일하다. 혁명시인 마야콥스키는 아방가르드의 정신이 소비에트 체제 이데올로기의 벽에 부딪치자 젊은 나이에 스스로 목숨을 끊었고, 츠베타예바 역시 자살로, 그리고 만델시탐은 테러의 제물로 파국을 맞았다. 유일하게 파스테르나크보다 오래 산 그의 세대 문학의 또 다른 거목인 안나 아흐마토바는 오랜 세월 고립 속에 침묵을

강요당했다. 동시대의 많은 문인들이 겪은 비극적 운명을 비켜가지
못하고 오래도록 잊힌 시인이 되어야 했던 다른 위대한 시인들과 달리
파스테르나크는 전체주의적 억압의 극도로 힘든 시기에도 침묵하지
않았다. 그는 문학에 대한 시대의 요구에 적응하면서도 올곧게 자신을
지키며 지속적으로 작품을 발표했다. 그리하여 파스테르나크의 시적
목소리에는 그의 세대 문학을 통틀어 20세기 전반기 러시아가 처했던
복잡한 역사적 현실이 가장 생생하게 투영되어 있다. 파스테르나크는
이데올로기적 억압이 가시고 그의 세대 문학이 충실히 복원된
오늘날에도 여전히 소비에트 시대 러시아 문학의 가장 강력한 형상으로
우뚝 서 있다.

파스테르나크는 1890년 2월 10일 높은 문화적 수준을 갖춘
모스크바의 유대인 가정에서 태어나 평생을 그곳에서 보낸 모스크바
시인이다. 시인이 태어난 날은 러시아 문학의 태양 알렉산드르
푸시킨(Aleksandr Pushkin, 1799-1837)의 53주년 기일로, 성숙한
시기 파스테르나크의 정신적 지향점이 푸시킨이었다는 사실은 이
우연의 일치를 의미심장하게 한다. 시인의 부모는 특별한 예술적
재능을 타고난 사람들이었다. 파스테르나크의 아버지 레오니드
오시포비치(Leonid Osipovich, 1862-1945)는 인상주의 화풍의 유명
화가로 모스크바 미술대학 교수였다. 그는 레프 톨스토이(Lef Tolstoi,
1828-1910)의 벗으로 『부활(Voskresen'ye)』(1899)의 삽화를 그린 것으로
유명하다. 어머니 로잘리야 이시도로브나(Rozaliya Isidorovna, 1868-
1939)는 안톤 루빈시테인(Anton Rubinshtein, 1829-1894)의 제자로 뛰어난
피아니스트였다. 파스테르나크는 어머니에게서 오랜 세월 지속된
음악에 대한 사랑을 물려받았다. 미술과 음악과 문학의 분위기 속에서
보낸 유년은 예술과 내적 삶에 대한 정향이 시인의 내면에 자연스럽게
형성되게 했다.

파스테르나크에게 시인의 길은 곧바로 대두되지 않았다. 그는
19세가 된 1909년에 첫 시들을 썼는데, 그때까지 그의 삶을 사로잡았던
것은 어머니의 천분인 음악이었다. 1903년 청소년기의 우상으로 그의

예술적 개성 형성에 지대한 영향을 끼친 알렉산드르 스크랴빈(Aleksandr Skryabin, 1872-1915)을 처음 만난 파스테르나크는 작곡가가 되기로 결심하고 6년 동안 진지하게 음악 수업에 몰두한다. 스크랴빈은 파스테르나크가 작곡에서 보인 재능과 성취를 높이 평가했다. 하지만 그는 절대음감의 결여에 절망한 끝에 그것을 음악이 자신의 소명이 아니라는 하늘의 신호로 받아들이고 돌연 음악을 포기한다. 음악을 포기하자 이제 철학에 대한 열정이 대두된다. 1908년 김나지움을 졸업한 파스테르나크는 모스크바 대학 법학부에 입학하지만 이듬해 역사문헌학부 철학과로 옮겨 1913년 대학을 졸업한다. 러시아 종교철학 사상이 만개하던 당시, 모스크바 대학은 그 중심지 중 하나였다. 대학 시절 종교철학회 활동에 몰두하던 파스테르나크는 1912년 독일의 마르부르크 대학에서 여름학기 철학 수업을 듣는다. 모스크바 대학 철학과에서 무엇보다 높이 평가되고 있던 신칸트학파의 본산이 마르부르크 대학에 있었기 때문이다. 마르부르크 대학 신칸트학파의 창시자였던 헤르만 코헨(Hermann Cohen, 1842-1918)은 파스테르나크의 철학 세미나 활동을 눈여겨보고 그에게 철학자의 길을 권유한다. 그러나 파스테르나크는 음악에 대해 그랬던 것처럼 철학의 유혹도 뿌리치고 도망치듯 도시를 떠난다. 철학과의 단절 역시 음악과의 단절만큼 단호하고 급작스러웠다. 비록 자신의 삶의 소명이 아니라는 깨달음으로 뿌리쳤지만 음악과 철학은 파스테르나크에게 깊은 영향을 끼쳐 음악성에 대한 강한 지향과 짙은 철학적 색채를 그의 시에 낳는다.

시인 파스테르나크는 마르부르크에서 태어난다. 마르루크크에서 겪은 정신적 체험을 담은 시 「마르부르크」에서 파스테르나크는 바로 자신이 시인으로 다시 태어났음에 대해 말한다. 그 체험이란 파스테르나크가 열네 살 때부터 사랑한 이다 비소츠카야(Ida Vysotskaya, 1892-1976)라는 처녀를 마르부르크에서 만나서 청혼했다가 거절당한 일, 실패한 첫사랑의 상처를 말한다. 시인의 목적은 실패한 사랑의 상처에 대해 말하는 것이 아니라 첫사랑의 비극 후에 일어난 시인으로의 "제2의 탄생"을 보여 주는 것이다. 시 「마르부르크」에서 청혼과 거절의

사건은 한없는 슬픔과 고통의 원천인 동시에 아주 날카롭게 새로운
실존을 체험하게 한다. 사랑의 격동이 안긴 날카로워진 감각이
삶의 새로운 차원을 느끼고 표현하는 시인의 탄생을 가져온다.
파스테르나크는 마르부르크에서 겪은 첫사랑의 깊은 감정적 격동 후에
철학자의 길을 접고 시인의 길에 들어선다. 그 이전에도 시를 썼지만 그
후로 비로소 시가 그의 지속적이고 진지한 관심의 대상이 된다.

디테일의 전능한 신

파스테르나크는 1890-1900년대 러시아 시를 풍미했던 상징주의를
계승하며 극복하는 시인들의 일단에 속해 시인으로서 첫걸음을 뗀다.
그는 스크랴빈과 알렉산드르 블로크(Aleksandr Blok, 1880-1921)와
릴케(Rainer Maria Rilke, 1875-1926)를 통해 친숙하던 상징주의자들과의
짧은 교우에 뒤이어 상징주의 이후 러시아 시의 한 갈래인 미래주의에
참여해 아방가르드의 시인 정신을 추구한다. 1913년 상징주의와
미래주의 사이에서 중도적인 성향을 지녔던 몇몇 시인과 모여 발행한
동인지 『서정시(Lirika)』(1913)에 시 다섯 편을 실으며 시인으로
데뷔한 파스테르나크는 이내 상징주의의 아류로 보인 그들과
결별하고 1914년 '원심분리기'라는 뜻의 새로운 미래주의 시인 그룹
'첸트리푸가(Tsentrifuga)' 결성에 참여한다. 마야콥스키와의 친교도 이때
시작된다. 그러나 미래주의자 문학 그룹 활동에 대한 파스테르나크의
열광은 오래 지속되지 않는다. 그는 미래주의 시인들이 아방가르드
예술의 뚜렷한 혁신을 성취하지는 못하고 점차 과도한 이념 논쟁과
언어 실험에 빠져드는 데 실망해 자신의 시적 개성의 추구에 더욱
몰두한다. 그 자체로 새로운 세계를 창조하는 시어의 자족적 가치에
대한 미래주의의 추구는 형식적인 언어 실험에 함몰될 위험을 내포하고
있었다. 초기 파스테르나크는 아방가르드의 혁신적 시어에 독창적인
신선한 직관적 세계 지각을 담음으로써 그와 같은 위험한 시류를
성공적으로 피한 시인이다.
첫 두 권의 시집 『구름 속의 쌍둥이』(1913)와 『장벽을 넘어』(1916)에서

파스테르나크는 아직 자기 시적 목소리를 찾는 과정에 있다. 대부분의 시들이 첫사랑 여인에게 거절당한 시인이 그 여름 처한 고독을 멜랑콜리하고 멜로드라마틱한 분위기 속에서 전하는 첫 시집은 상징주의자들의 점성술을 연상시키는 제목과 신비롭고 함축적인 문체, 무한한 다의성에 이끌리는 형상 등 여러 면에서 시인이 아직 상징주의의 영향에 사로잡혀 있음을 보여 준다. 그러나 첫 시집이 단순히 상징주의의 모방인 것만은 아니다. 환유와 의인화, 복잡한 추상적 이미지는 첫 시집에서 이미 두드러지는 파스테르나크 시의 문체적 특징이다. 파스테르나크는 후에 첫 시집 『구름 속의 쌍둥이』를 상징주의자들에 대한 어리석은 모방으로 폄하했던 반면, 마야콥스키를 비롯한 미래주의자들과 활발히 교류하던 1914-1916년에 쓴 두 번째 시집 『장벽을 넘어』는 실험적 책으로 간주했다. 실제 『장벽을 넘어』는 실험 이상의 시적 성취로 평가받는다. 『장벽을 넘어』는 상징주의로부터 미래주의로 시인의 전향을 알리는 신호로, 제목 자체부터 그와 같은 극복의 파토스를 표현한다. '시적인 것'에 대한 전통적인 이해를 파괴하는 그로테스크하고 과장된 파편적 이미지로 넘쳐나는 두 번째 시집은 파스테르나크를 급진적인 미래주의 시인의 반열에 포함시켰다. 그러나 앞서 말한 바와 같이 시적 전통에 반하는 파스테르나크의 이미지는 그의 독창적인 세계 지각과 결부된 것이다. 시집에서 인간의 열정이 낳는 고통을 노래하는 시인의 모습은 그의 젊은 날의 우상 마야콥스키를 떠올리게 하는데, 이때도 파스테르나크는 마야콥스키가 취한 명백한 정치적 성향과 시인의 지위를 우주의 중심으로 자리매김하는 낭만적 영웅주의 태도는 거부한다. 『장벽을 넘어』는 파스테르나크가 자기 목소리를 찾는 실험적인 젊은 시인에서 동시대의 주요한 시적 재능으로 나아가는 뚜렷한 한 걸음이었다. 『장벽을 넘어』의 출판과 함께 그는 동시대 문학에 자기 자리를 확고히 새기게 된다.

세 번째 시집 『나의 누이인 삶』(1922)과 함께 파스테르나크는 혁명 이후 시기 러시아 시를 대표하는 시인의 반열에 오른다. 가장 서정적인 파스테르나크의 시집인 『나의 누이인 삶』은 늘 러시아

시의 최상의 성취 속에 자리매김되며 시인을 가장 인정받는 20세기 서정시인 중의 한 명이 되게 했다. 시집의 부제인 "1917년 여름"은 대다수 시들이 쓰인 시기를 가리키는 것 이상의 의미를 지닌다. 1917년 여름 러시아에서는 1차 세계대전의 와중에 2월 혁명으로 제정이 붕괴된 후 새로운 혁명이 무르익고 있었다. 파스테르나크는 2월 혁명으로 도래한 러시아의 정치적 분위기 변화에 열광했다. 1926년 파스테르나크가 츠베타예바에게 보낸 편지에서 "1917년 여름은 자유의 여름이었다."라고 추억한 바와 같이 자유의 시대정신이 그를 도취시킨다. 그리고 때마침 찾아온 엘레나 비노그라드(Yelena Vinograd, 1899-1987)라는 열여덟 살 소녀를 향한 새로운 사랑으로 그에게는 시적 영감이 가득 차오른다. 그리하여 그는 파국과 재생에 열린 시대를 배경으로 열정적인 사랑에 관한 시를 쓴다.

후에 『나의 누이인 삶』을 쓰던 시절을 회상하며 파스테르나크는 자신의 내밀한 체험보다는 역사가 저마다의 삶을 관통하던 혁명의 시대의 들끓음에 대해 쓰려 했다고 말했다. 그렇게 파스테르나크는 『나의 누이인 삶』을 혁명에 관한 책이라 불렀다. 시집에서 직접적으로 정치적 사건과 연관된 시는 단 한 편도 없다. 그러나 『나의 누이인 삶』에서, 그리고 자전적 배경과 주제가 서로 맞닿은 다음 시집 『주제와 변주』(1923)에서 혁명 시대의 맥박은 아주 강하게 지각된다. 『나의 누이인 삶』은 혁명의 주제를 에둘러 표현한 것이다. 혼란과 재생의 감각이 뒤섞인 혁명 시절의 동향이, 시집을 시로 쓴 소설로 받아들이게 만드는 시인과 그가 사랑하는 여인의 관계의 추이에 관한 시적 서사의 어렴풋한 배경을 이루며 시집을 관류한다. 파스테르나크가 제사로 차용한 시에서 오스트리아 시인 레나우(Nikolaus Lenau, 1802-1850)는 격노한 위협적인 자연의 형상을 자신이 경배하는 대상의 모습을 그리는 칠판으로 삼는다. 『나의 누이인 삶』에서 혁명과 사랑의 주제의 관계가 바로 그러하다.

파스테르나크는 『나의 누이인 삶』을 러시아 낭만주의 시인 미하일 레르몬토프(Mikhail Lermontov, 1814-1841)에게 헌정한다. 그것은 단지 19세기 시인 레르몬토프를 기억하는 문학적 행위가 아니다. 파스테르나크는 "시인 자신에게, 그가 아직 우리들 사이에 살았다면 여전히 문학에서 유효할 그의 정신에", 다시 말해 동시대인으로서 레르몬토프에게 시집을 바친다. 그리고 레르몬토프의 주제에 바친 시 「악마에 대한 기억에 부쳐」로 시집을 연다. 시집에는 레르몬토프와 레나우의 목소리 외에도 바이런(George Gordon Byron, 1788-1824), 에드가 포(Edgar Poe, 1809-1849), 하이네(Heinrich Heine, 1797-1856) 등 위대한 낭만주의자들의 이미지의 반향이 곳곳에 자리한다. 이렇듯 『나의 누이인 삶』에서 파스테르나크는 『장벽을 넘어』에서 정초된 아방가르드적 혁신에 대한 지향을 지속하는 한편 폭넓은 낭만주의 시의 전통에 기댄다. 파스테르나크에게 낭만주의 시의 울림은 전통적인 시의 개념을 파괴하고 시를 거리로, 일상으로 가져오려 한 아방가르드의 시적 기획에 유기적으로 부합한다. 시인은 거칠고 파편적인 삶의 인상을 낭만적 형상들로 생기롭게 하며 산문성의 요소들에 시적 울림을 부여한다.

시 「나의 누이인 삶이 오늘도 봄비에 넘쳐흐르다가」에서 유래한 제목이 의미하는 것처럼, 『나의 누이인 삶』에서 인간과 자연은 분화되지 않고 형제적 혈연 관계를 맺으며 동등한 세계의 부분을 이룬다. 『닥터 지바고』에서 유리 지바고의 입을 빌려 말하기도 했듯 1917년 여름 파스테르나크는 "길들과 나무들과 별들이 사람들과 함께 집회를 열고 일장 연설을 한다."고 느낀다. 『나의 누이인 삶』에서 인간과 자연이 맺는 동등한 일체적 관계의 세계상은 중세 가톨릭 성자 아시시의 성 프란치스코(Sanctus Franciscus Assisiensis, 1182-1226)의 세계관과 가르침의 영향인 것으로 알려져 있다. 이탈리아 르네상스의 기원에 선 이 위대한 기독교 성자는 자연의 모든 존재 속에서 살아 있는 영혼을 느끼며 겸손과 모든 존재에 대한 연민과 사랑을 설파했다. 아시시의 성 프란치스코의 세계 지각이 파스테르나크의 자연의 시적 지각에 투영되고, 『나의 누이인 삶』부터 평생을 일관하여 시인은 자연과 형제적인 친밀한 정신적 교감을 나눈다. 생명을 함께 나누는

자연과의 정신적 교감 속에서 생명의 환희와 삶에 대한 경배가
노래된다. 그래서 시집의 제목은 파스테르나크 시 전체에 대한
제사라고도 할 수 있다.

파스테르나크의 자연의 의인화는 '감상적 허위'와는 구별된다.
그것은 시인이 자연에 인간적 감정을 투사하는 한 방향의
움직임이기보다는 상호작용이다. 인간적 특징에 의해 자연이 묘사되고,
인간은 또한 자연을 통해 규정된다. 자연과 인간은 밀접한 상응 관계
속에서 서로 연결된다. 이와 같은 우주적 통합의 체험이 인간의 개별적
정체성을 파괴하지는 않는다. 인간은 자연 속에서 사라지지 않고,
자연도 인간 감정의 재현으로서만 존재하는 것이 아니다. 자연과
인간은 분리될 수 없이 내밀한 관계를 맺는 전체의 부분이다. 신화적
사고처럼 인간의 내적 세계와 외적 세계 사이에 경계가 없다.

그래서 시집 『나의 누이인 삶』에서 파스테르나크의 시학은 낭만주의
시의 울림이 풍부함에도 '나'와 세상의 대립에 기초한 낭만주의적
원칙과 근본적인 차이를 지닌다. 「나의 누이인 삶이 오늘도 봄비에
넘쳐흐르다가」, 「사랑하는 사람이여, 끔찍하다! 시인이 사랑할 때는」
등 시인과 군중의 대립의 주제를 표현하는 시들에서 드러나는 바와
같이 파스테르나크는 어느 정도는 세상에 시적 '나'를 대립시키는
낭만주의자적 태도를 따른다. 그러나 속물적 세상과 시인의 대립은
시집의 주된 갈등으로 대두되지 않고 다양한 발현 속의 삶을
받아들이는 시인의 태도에 의해 압도되고 제거된다. '나'가 세상을
굽어보며 말하는 것이 아니라 삶의 다양한 세목들이 '나'를 대신해
말한다.

『나의 누이인 삶』과 거의 동시에 쓴 네 번째 시집 『주제와 변주』는
『나의 누이인 삶』에 대한 일종의 에필로그다. 『주제와 변주』에서 사랑의
드라마는 『나의 누이인 삶』과 마찬가지로 시대의 삶의 모습과 하나로
엮이지만, 『나의 누이인 삶』에서 시인과 사랑하는 여인의 관계가
풍부한 음조를 지닌 것과 달리 『주제와 변주』에는 단 하나 단절의
음조만 남아 시대에 드리운 비극의 빛을 부각시킨다. 『나의 누이인

삶』과 『주제와 변주』는 대담한 이미지와 강렬한 감정의 혼합으로
러시아 모더니즘 시의 이정표로 자리 잡았다.
　유기적인 전체적 세계상의 동등한 일부로서 인간과 자연이 나누는
풍부한 영혼의 교감으로부터 파스테르나크의 "시의 정의"가 비롯한다.
시는 온갖 다양한 소리와 냄새와 색채로 넘쳐나는 삶 전체, 풍부한
느낌으로 가득한 세계 전체다. 시인을 둘러싼 온갖 삶의 발현이, 세상의
무궁무진함이 시를 낳는다. 파스테르나크의 시는 삶의 신문을 꿰뚫어
아름다운 정신적 자질로 채운다. '시적인 것'과 '산문적인 것'의 전통적인
경계가 허물어지고 시의 경계가 확장되는 가운데 산문성은 산문성으로
지각되기를 그친다.
　시인은 "시여! 흡반에 뒤덮인 그리스의 해면이 되어라."(「봄(싹들이,
끈끈하게 부풀어 오른 양초 찌꺼기가 얼마나 많이……)」)라고 외친다. 시는 삶의
세세한 디테일을 풍부히 빨아들이는 해면(스펀지)이다. 디테일에 대한
탐욕스럽고 광분에 찬 열정이 시인 파스테르나크의 신조를 이룬다.
파스테르나크는 아주 섬세한 디테일의 재현에 몰두한다. 시인에게는 그
무엇도 사소하지 않다. 상세한 세목들 속에서만 감추어져 있던 존재의
파노라마가 되살아나기 때문이다. 파스테르나크는 이런 디테일에 대한
열정을 일종의 숭배의 대상으로 드높인다. 그의 후원자는 "디테일의
전능한 신, 사랑의, 야가일로들과 야드비가들의 전능한 신"(「말들을
떨구자」)이다. "디테일의 전능한 신"은 동시에 "사랑의 신", 세상의
영원한 젊음에 대한, 세상의 세세한 아름다움에 대한 사랑의 신이다.
파스테르나크의 시에는 존재의 태초성의 느낌, 처음 목격한 자연의
아름다움의 느낌이 침윤되어 있다. 시인은 막 창조되거나 처음으로
목격된 듯한 세계의 환희를 노래한다. 시는 모든 것 속에 녹아들어
있다. 그래서 시인의 역할은 자연이 흘리고 뿌리는 것을 자신 속에
받아들이는 것이다.

전례 없는 단순성
파스테르나크 문학의 변모를 낳은 숨은 동력은 엘리트 문학 집단과

고급 독자로부터 벗어나 삶에 대한 이해를 돕는 문학에 대한 건강한
관심을 가진 대중 독자를 얻으려는 지향이었다. 평생 파스테르나크는
광범한 독자를 향한 길을 찾았고 생의 말미에『닥터 지바고』로 창작의
길의 목적을 성취했다. 단 몇백 권의『구름 속의 쌍둥이』로 시작해서
반세기에 걸쳐 작가가 걸은 독자를 향한 길은 그렇게 수십 개의
언어로 출판된 수백만 권의『닥터 지바고』에 이르렀다. 그 과정에서
파스테르나크의 문학에 역설적인 현상이 벌어진다. 다른 무엇보다
시인으로서 독보적인 재능을 지녔던 그가 수차 자신의 본령은 산문을
쓰는 것이고 시는 삶과 예술의 큰 문제들로부터 달아나는 가벼운
수단일 뿐이라고 주장했던 것이다. 그는 뛰어난 서정시인이었지만,
서정시는 소수의 사람들에게만 중요하다는 것을 이해했기에 평생
큰 서사를 갈망했다. 소수의 세련된 독자에 대한 만족에 안주할 수
없어서 폭넓은 독자를 위해 희곡을 쓰고 번역을 하고 평생 소설을 썼다.
그리고 정작 그의 서정시의 역사에는 휴지기가 도래한다. 서정시의
시대가 저물었다는 생각은『주제와 변주』이후 그를 1920년대 후반
「시미트 중위(Leitenant Shmidt)」(1927), 「1905년(Devyat'sot pyatyi god)」(1928),
「고상한 질병(Vysokaya bolezn')」(1928) 등의 혁명에 관한 서사시 창작으로
이끌었다. 파스테르나크가 다시 서정시로 돌아오기까지는 또한
1920년대 말에서 1930년대 초 찾아온 창작의 분수령을 넘어야 했다.
　혁명과 내전의 폭풍우가 끝나고 파탄 난 경제 재건을 위해
일시적으로 시장경제 체제를 허용한 신경제정책(네프)의 시기를 거쳐,
이제 사회주의가 약속된 유토피아를 향해 나아갈 것이라는 기대를
품게 하는 시기였다. 그러나 그 대신 정치적 상황은 암울해지고
있었다. 파스테르나크는 대다수 동시대인들보다 더 빨리 소비에트의
정치적, 사회적 실재가 초기 이상에서 멀어지고 있음을 이해했다. 그는
미증유의 잔혹한 스탈린 독재의 시기가 임박했다는, 작가로서 자신의
삶이 전환점에 도달했다는 점에 대한 명확한 느낌과 함께 지금까지의
여정을 결산하고 정신적 좌표를 다시 모색한다.
　시대 상황의 변화와 새로운 독자의 대두는 그에게 초기 작품의

개작을 요구했다. 파스테르나크는 몇 년 후 사회주의 리얼리즘의 이름으로 공식화될 소비에트 문화 이데올로기에 대립되는 극단적인 아방가르드 시학을 탈피하고자 했고, 또한 그럼으로써 혁명이 낳은 소비에트 독자들을 향한 길을 닦고자 했다. 그는 『장벽을 넘어』를 다시 써서 새로운 모습으로 출판하고 『구름 속의 쌍둥이』는 상당수 시를 폐기하거나 축약하고 개작해 시선 『첫 시절』로 묶었다.

그렇게 혁명 이후 변모된 시대의 작용 아래 새로운 미학 원칙을 다듬으며 파스테르나크는 『주제와 변주』이후 거의 10년이 지나 새로운 시집 『제2의 탄생』(1932)을 통해서 다시 서정 시인으로 독자와 만난다. 『나의 누이인 삶』이후 다시 그는 아주 짧은 시간에 많은 시를 쓴다. 1930년대 초 시인의 시적 영감의 분출은 『나의 누이인 삶』의 경우와 마찬가지로 내적, 외적 요인을 모두 지닌다. 우선 1930년 4월 14일 일어난 마야콥스키의 자살은 파스테르나크에게 엄청난 정신적 충격과 함께 소비에트 문학이 나아가던 길의 파멸성을 번개가 치듯 선명하게 비춰 주었다. 그리고 그의 사적인 삶에도 변화가 일어난다. 파스테르나크는 첫 아내와 결별하고 미래의 아내 지나이다 니콜라예브나 네이가우즈(Zinaida Neigauz, 1897-1966)와 함께 그루지야 시인 파올로 야시빌리(Paolo Yashvili, 1895-1937)를 찾아간다. 시인은 새 뮤즈이자 연인을 향한 다정과 열광의 한편으로 헤어진 아내에 대한 연민과 양심의 괴로움을 동시에 맛보았다. 이 착종된 내면의 상황이 또 다른 창작의 추동력이었다. 그와 더불어 첫 그루지야 여행에서 만난 캅카스의 낭만적 자연과 자유롭고 정감 어린 사람들의 평화로운 삶은 시인에게 그 모습에 사회주의의 미래에 대한 절박한 믿음을 걸게 했다.

제목은 오래전에 쓴 시 「마르부르크」에서 차용한 것이다. 「마르부르크」에서 파스테르나크가 시인의 탄생에 대해 말했다면, 이제 "제2의 탄생"이라는 말을 통해 그는 시대 상황의 변모와 함께 자신이 새로운 시인으로 거듭났음을 선언한다. 그는 옛 시적 양식이 그가 포용하기를 원하는 새로운 시대를 그리기에 더 이상 적합하지 않은 것으로 느꼈다. 잉여 세대에 속해 동시대의 삶과 독자로부터 유리될 위험에 대한 두려움이 그에게 과거의 모더니즘과 단절을 선언하게 했다. 이제 시인은 『제2의 탄생』을 여는 장시 「물결」에서 천명한 "전례 없는 단순성", 곧 난해한 비유가 절제된 꾸밈없이 명확한 문체를 추구한다. 소비에트 문화 권력에 의해 강제된 측면과 소비에트 독자의 취향에 적응하려는 자발적인 내적 욕구의 성격을 모두 지닌 새로운 시어의 추구는 파스테르나크에게 일종의 햄릿적인 자기희생이었다. 그는 자기 국민과 국가에 봉사해야 하는 예술가의 의무에 대한 충실함으로 모더니스트인 과거의 자신에게 스스로 기소장을 보내고 푸시킨으로 예시되는 러시아 고전시의 단순하고 명료한 언어에 도달하려고 애썼다.

줄기차게 파스테르나크에게 정치적·사회적으로 성숙한 시인, 이해되는 시인이 되라고 요구하던 소비에트 공식 비평은 그의 변화에 우호적 반응을 보냈다. "전례 없는 단순성"의 새 시학과 함께 문학에서 파스테르나크의 중심적 입지는 흔들리지 않고 강화되었다. 시인 파스테르나크는 1934년 소비에트 당국에 의해 소비에트 최고시인의 공인된 칭호를 얻는다. 하지만 권력과 작가의 밀월의 시간은 짧았다. 『제2의 탄생』 이후 점차 침묵하던 시인은 1936년 스탈린 체제가 자리 잡고 사회주의 리얼리즘의 규범이 확립되자 "삶과 유리된 문학", "시대에 부합하지 않는 세계관"이라는 비난과 함께 권력에게 버림받는다. 2차 세계대전이 끝날 무렵에야 『닥터 지바고』에서 말하는 것처럼 정신의 자유가 대기를 채운 듯했을 때에야 다시 한번 그의 서정적 목소리가 베일을 벗는데, 그때까지의 침묵기는 파스테르나크의 삶과 작가 경력에서 가장 힘든 시기 중 하나였다. 1936년부터 마지막 날까지 대부분의 시간을 모스크바 근교 다차촌 페레델키노(Peredelkino)에서 산 파스테르나크는 침묵의 시간 동안 아흐마토바처럼 번역으로 생계를 꾸리고 독자를 만났다. 파스테르나크에게 서구 고전의 번역은 소비에트 대중을 문화적으로 계몽하는 수단이자 새 양식의 실험실이었다.

이 시기와 관련된 시집이 『이른 기차를 타고』(1943)이다. 대다수의 시가 1936년과 1941년에 창작된 이 시집에서 파스테르나크는 소비에트 예술의 운명과 자신의 삶을 둘러싼 페레델키노와 모스크바의 환경과 전쟁에 대해 말한다. 파스테르나크의 시는 이제 즉각적이고 구체적인 것에 주도된다. 소비에트 공식 비평이 시집에 대해 우호적인 반응을 보였지만, 파스테르나크 자신은 페레델키노의 삶을 다룬 몇몇 "건강한" 페이지만 인정하며 그것이 이제부터 자신의 창작의 이상이라고 말했다.

『제2의 탄생』 이후 파스테르나크가 초기 시의 강렬하고 눈부신 언어를 멀리하며 추구한 '단순성'은 그의 1930-1950년대 후기 시가 '난순하나'는 기만적 인상을 불러일으키곤 했다. 실제로 언어의 표면적 구조의 측면에서는 단순하다. 시인은 더 이상 젊은 시절의 문체적 모험에 몰두하지 않는다. 그럼에도 시의 복잡성과 단순성을 구별하는 진정한 기준이 시적 발견의 깊이, 시적 성취의 높이의 문제라 할 때, 후기 파스테르나크는 모든 진정한 시인이 그렇듯 여전히 '복잡한 시인'이다. 초기 파스테르나크가 외적 지각의 측면에서 복잡한 시인이지만 그 복잡성이 정신적 공허와 빈곤을 포장하는 것이 아니라 눈부신 시적 성취와 분리될 수 없는 것이듯, 후기 파스테르나크의 언어적 단순성은 삶에 대한 지각에 있어 보편적 깊이를 상실한 단순한 시로 귀결되지 않는다.

실제로는 하나의 복잡성이 다른 것으로 대체된다. 후기 파스테르나크의 시에서 우리는 언어적, 비유적 간결성과 함께 문학적, 철학적, 종교적, 역사적 인유의 포화가 낳는 복잡한 의미 구조를 마주한다. 파스테르나크에게 단순성에 대한 지향은 단순화를 의미하지 않았다. "모든 것에서 본질에 다다르기"를 원했던 시인은 새로운 자연스러운 문체를 지향하며 자신이 지닌 최상의 자질, 세계 지각의 연상적 풍부함을 저버리지 않았다. 그 한 예가 바로 후기 파스테르나크의 문체적 이상이 충만히 구현된 「유리 지바고의 시」의 첫 시 「햄릿」이다. 널리 알려진 시 「햄릿」은 쉽게 읽히지만 쉽지 않은 시다. 「햄릿」은 초기 시의 풍부한 연상을 지닌 일련의 농축된 이미지들에 대비되는, 연상적 긴장으로 가득한 단순성과 논리성에 기초하여 축조되어 있다. 이 시는 다섯 차원에서 읽혀야 한다. 서로를 보충하는 이해의 다섯 단계, 다섯 의미 층이 공존하며 서로를 비춘다.

「햄릿」은 세계 악과의 싸움을 위해 일어섰다가 가망 없는 투쟁 속에
파멸한 셰익스피어의 주인공에 대한 시이고, 햄릿의 역할을 깊이
포착하고 무대에서 그 역을 연기하는 배우에 대한 시이며, 고난의 길로
인류의 죄를 속죄하기 위해 지상에 온 성육신 예수 그리스도에 대한
시이자, 소설의 주인공 유리 지바고에 대한 시인 동시에 소설의 작가
파스테르나크 자신에 대한 시이다.

창작의 목적은 자신을 내어주는 것

파스테르나크가 본 「햄릿」은 의지박약한 인물의 드라마가 아니라
의무와 자기희생의 드라마, 지고한 운명, 소명의 드라마다. 그것이
햄릿과 그리스도와 시인의 예기치 못한 병치를 낳는다. 햄릿과
그리스도가 아버지에게서 부여받은 과제는 이미 알려져 있다. 그렇다면
시인의 과제는 무엇인가? 햄릿이 그랬듯 시인은 거짓에 둘러싸여 있다.
그러나 거짓에 맞서는 싸움이 시인의 과제라는 것을 암시하는 말은
없다. 시인의 과제는 마지막 시구로 주어진다. "삶을 사는 것은 들판을
건너는 것이 아니다." 쉽지 않은 삶을 살아 내는 일, 바로 그것이 시인의
의무다. 『나의 누이인 삶』에서도 시인은 그렇게 말할 수 있었다. 그러나
많은 변화가 일어난다. 삶은 더 이상 젊은 시절의 황홀한 도취가 아니다.
이제 그가 보는 시인의 과제는 단지 예기치 못한 새로운 이미지 속에서
삶의 아름다움을 드러내는 것이 아니라, 스스로 볼 수 없고 체험할 수
없는 사람들을 위해 현실을 드러내는 것이다. 초기 파스테르나크에게
시가 "급격하게 가득 찬 호각 소리, 으스러진 얼음 조각들이 깨지는
소리, 잎을 열리는 밤, 두 나이팅게일의 결투……"라면, 이제는 "피
묻은 시구들이 죽이곤" 하고 말의 예술 속에서 "토양과 운명이 숨
쉰다."(「무대에 설 준비를 했을 때」) 후기 파스테르나크의 시인은 "운명,
사건의 가닥을 놓치지 않으며 살고, 생각하고, 느끼고, 사랑하고, 발견을
이루고 싶다."(「모든 것에서 나는」)고 말한다.

시 「햄릿」에서 운명과 고난의 주제는 대단한 힘으로 울린다. 햄릿도,
그리스도도, 시인도 운명으로부터 달아날 수 없다. 시인은 거짓과

위선의 바다에 둘러싸인 채 홀로 서 있다. 시인 자신이 스스로를 다른 사람들로부터 소외시킨 것이 아니다. 반대로 떠난 것은 다른 사람들이다. 그들이 그를 홀로 두고 떠났다. 그러나 그는 주저하지 않는다. 시인은 그의 삶이 외로움과 고난으로 가득함을 깨달음에도 불구하고 자진해서 아버지의 구상을 받아들이고 따르는 데 동의한다. 행위가 갑자기 변하고 연극이 이제 원전과 다르다 해도 그는 역할을 끝까지 수행하며 자신의 과제를 완수해야 한다. 「햄릿」은 작가로서 파스테르나크가 처한 역경과 임박한 죽음에 대한 깨달음으로, 보다 넓은 의미에서 동시대 인간의 역경에 대한 인식으로 침윤되어 있다. 파스테르나크는 시인의 운명과 시의 이름으로의 자기희생에 대해 말한다. 시인의 시선은 동시대를 조망하며 미래를 향한다. 시인은 세상을 내다보고 삶의 소란을 들으며 삶에서 무엇이 일어나는지 이해하려 노력한다. 시는 삶의 선두에서 걸으며 길을 제시한다. 시인은 시대의 심판자로, 먼 시간의 종으로 선택된 자다.

그러면서도 시인은 존재의 경이 앞에서의 놀라움을 그쳐서는 안 된다. 그것이 시인 파스테르나크의 변모와 상관없이 변함없는 그의 창작의 목적이다. 파스테르나크에게 시는 늘 실존의 중요성, 인간의 가치, 삶의 위대함을 증명해야 하는 것이다. 삶 자체가 그의 시의 유일하고 진정한 원천이기 때문이다. 시는 세상에, 삶에 내재된 것이다. 늘 거기 있던 무언가로서의 시가 예술가의 창조적 영감을 통해 모습을 드러난다. 시인의 영감이 세상의 아름다움의 베일을 벗긴다. 그래서 시인은 시대의 삶의 조건을 받아들이고 시대의 삶과 함께 호흡한다. 창작의 목적은 동시대의 삶에 자신을 내어주는 것, 삶의 영원한 아름다움을 통해 존재의 한기를 데우는 것이다. 후기 파스테르나크의 시가 지닌 이와 같은 면모의 충실한 구현이 「유리 지바고의 시」와 시집 『날이 갤 때』이다.

『닥터 지바고』의 마지막 17부를 이루는 「유리 지바고의 시」는 소설의 주요 주제와 긴밀히 연관되며 소설에 대한 불가결의 주석을 이루고 시인 파스테르나크와 지바고의 삶을 결합시키는 역할을

한다. 그래서 제외되면 소설이 불완전해지지만 그럼에도 소설과
별도로 자족적인 예술적 구조를 갖춘 시 모음으로 읽을 수 있다.
파스테르나크가 1946-1953년에 쓴 「유리 지바고의 시」는 모두
기독교적 의식의 자장에서 자연, 사랑, 삶, 죽음, 불멸 등의 주제를
다루는 종교적 시다. 허구적 시인 뒤에 자전적 요소를 감추며
파스테르나크는 공공연히 기독교 전통의 주제와 이미지를 시에
도입한다. 특히 시 모음의 서두와 말미에 배치되어 수미상관을 이루는
「햄릿」과 「겟세마네 동산」 덕분에 「유리 지바고의 시」 전체가 종교적
찬가의 성격을 띤다. 「햄릿」에서 시적 화자가 죽음의 잔이 비켜 가길
아버지에게 청한다면, 겟세마네 동산에서의 그리스도 배신에 관한
이야기의 시적 해석인 마지막 시에서는 이제 곤경을 맞을 순간이
도래한다. 아버지를 향한 기도가 다시 언급되고, 자기희생의 모티프
속에서 그리스도와 햄릿과 지바고의 세 목소리가 융합된다. 시인은
그리스도와 햄릿과의 유비에 의해 자기 시대의 심판자가 되는 지바고의
형상에 인간의 소명과 불멸에 관한 깊은 믿음을 담는다.
　시집 『날이 갤 때』(1959)는 파스테르나크의 생애 마지막 10년의 가장
두드러진 시적 성취다. 시인은 1956년 거의 우연히 마지막 시집을 쓰기
시작한다. 그의 (실현되지 못한) 최종적인 시 선집을 준비하던 출판사가
『닥터 지바고』의 종교적인 시들로 선집을 끝내는 것에 두려움을 느껴
새로운 시를 몇 편 써 줄 것을 부탁했던 것이다. 스탈린 압제의 시기에
쓴 『닥터 지바고』가 기본적으로 암울하고 때로 비극적인 음조를
지니고 있다면, 『날이 갤 때』는 "해빙"에 대한 시인의 회의적 태도,
『닥터 지바고』의 출간과 노벨 문학상 수여와 관련된 야비한 이데올로기
캠페인, 아내와 마지막 시절의 연인 올가 이빈스카야(Olga Ivinskaya, 1912-
1995) 사이에서 그가 처했던 갈등의 상황, 사방에서 죄어 오는 추적의
느낌과 목에 올가미가 걸린 삶에도 불구하고 기본적으로 낙관적인
장조의 울림을 지닌다. 「유리 지바고의 시」에서 기독교적 의식이
수난주일의 비극에 집중되어 있다면, 여기에서 그것은 시집 전체에
스며든 온유와 겸손의 정서적 음조에 의해 표현된다.

오직 끝까지 살아 있는 존재여야 한다.

20세기 러시아 시인들의 운명은 상당 정도 혁명에 대한 태도에 의해 미리 결정되었다. 1921년 파스테르나크는 부모와 누이들이 등지고 떠난 조국에 남았다. 그는 혁명을 받아들였다. 창작 초기에 몸담았던 문학적 아방가르드는 사회적 아방가르드이기도 했다. 말년에 쓴 시 「변화」에서 시인이 한 말처럼, 그는 출생과 교육과 재능에 있어 예술적 엘리트에 속했지만 평생 집요하게 세련된 인텔리의 태도와 운명을 떨치려 했다. 거드름과 겉치레 없는 노동계급의 삶을 진정한 것으로 여겼기 때문이다.

파스테르나크는 혁명에 바친 서사시들과 산문들을 썼고, 시와 에세이에서 소비에트 정부에 대한 자신의 태도에 관해 말하고 레닌(Vladimir Lenin, 1870-1924)과 스탈린에 대해서도 썼다. 그는 혁명을 무엇보다도 낭만적 영웅주의의 입장에서 받아들였다. 열광에 차서 낭만적 혁명가들의 모습을 그리고, 그를 매료시킨 1905년 혁명과 1917년 '2월 혁명' 영웅들의 희생정신을 기렸다. 1917년 10월 혁명은 이내 그 잔혹함으로 그에게 거부감을 낳았다. 그러나 그는 오랫동안 그 유혈의 결과를 보지 않으려 하며 그것이 과도적인 것이길 바랐다. 민중의 혁명의 정의로움에 대한 믿음으로 소비에트 국가의 정당성에 대한 동요와 의심을 이겨 내려 했다. 아무 죄 없는 가까운 사람들이 체포되고 처형당하는 상황을 맞아서도 젊은 시절의 이상을 포기하지 않았고, 심연의 가장자리에서 균형을 취하며 두려움 없이 그들을 변호하려 애썼다.

그는 빈번히 잔혹한 정치적 공격에 처했지만 조국에 대한 사랑을 포기하지 않았다. "조국을 버린다는 것은 내게 죽음과 다를 바 없다. 나는 탄생과 삶과 일로 조국과 묶여 있다." 『닥터 지바고』의 출간과 노벨 문학상 수상자 선정으로 파스테르나크가 겪어야 했던 고초는 널리 알려져 있다. 조국은 그에게 떠날 것을 요구했지만 그는 그렇게 할 수 없었다. 러시아의 밖에서 자신을 생각할 수 없었던 것이다. 그는 조국에서 살기 위해 당대의 권력자 흐루쇼프(Nikita Khrushchyov, 1894-

1971)에게 강요된 (하지만 인용된 구절은 진심인) 탄원의 편지를 보내며 노벨 문학상 수상을 포기했다. 시인은 노벨상 수상을 둘러싼 상황에 대한 심경과 정의의 승리에 대한 믿음을 담은 시 「노벨상」을 쓰고 1년 후 생을 마쳤다. 비극적이었던 시인의 운명은 전체주의 국가에서 모든 재능 있고 양심 있는 인간이 겪는 운명이었다.

파스테르나크에게 혁명은 "나의 혁명"이라고 선언했던 마야콥스키의 경우처럼 직접적이고 즉각적으로 받아들여진 것이 아니었다. 혁명이 자신을 부르고 무장시켰노라고, 사회주의 예술을 창조하기 위해 의식적으로 가노라고 공개적으로 선언했던 혁명 시인들과 달리 파스테르나크는 결코 프롤레타리아 혁명의 과제와 목적과 자기 시의 관계에 대해 쓰지 않았다. 게다가 그의 창작의 여정에는 시와 사회주의가 양립될 수 없다고, 사회주의 러시아에서 시인의 활동은 무용하고 불필요하다고 여겼던 때도 있었다. 하지만 러시아에서 일어난 세계사적 사건의 반향이 이런저런 형태로 그의 시집의 페이지들 위에 놓여 역사와 시대와 삶에 대한 진지한 사색을 낳는다. 다른 세기, 다른 환경으로부터 남겨진 시인은 문학의 무대에서 내려오지 않고 자신의 역을 마지막까지 연기했다. 그것은 "리허설이 아닌 진정 완전한 파멸을 배우에게 요구하는"(「무대에 설 준비를 했을 때」) 아주 힘겨운 역이었다.

서정시인 파스테르나크는 생명의 티끌 한 점 속에서, 세태 속에서, 사람들의 관계와 자연에 대한 그들의 태도 속에서 시대정신을 표현할 질료를 찾는다. 파스테르나크가 자연과 날씨에 대해 즐겨 쓴 것을 두고 흔히 그를 동시대의 삶과 동떨어져 극히 사적인 체험의 세계에 갇힌 시인으로 치부하지만, 『나의 누이인 삶』에서도 그렇듯 그의 시는 시대정신에 물들어 있다. 후기 파스테르나크의 시에서 시민적 주제는 초기 시보다 더 분명하고 강하다. 그리고 이제 장조의 울림이 아닌 비극적 울림을 지닌다. 시대가 그렇고 시대와 관련된 파스테르나크의 정신적 지향이 그러한 까닭이다. 그러나 후기 파스테르나크에게서도 시민적 주제는 통상 그 자체로 주어지지 않고 다른 주제들, 예술의 주제나 사랑의 주제와 함께 엮여 있다. 시대의 불길한 추세에 예술의 힘, 사랑의 힘이 인간 개성, 짓밟힌 인간 덕목에 대한 확신으로서 대치된다.

파스테르나크는 "인간은 많은 부분 동의할 수 없다 해도 자신의 국가의 삶을 살아야 한다"라고 말했다. 역사적 현실을 수용하게 하는 이런 삶의 자세는 시인의 인문 정신의 토대에 놓인 칸트의 윤리적 정언명령과 갈등을 빚는다. 인간은 자기 의지의 준칙이 언제나 동시에 보편적 입법의 원리가 되도록 행동해야 하고, 다른 인간을 목적으로 대해야지 결코 수단으로 대해서는 안 된다. 파스테르나크는 스탈린이 공개적으로 표명했듯 사람들 속에서 오직 국가 기계의 "바퀴와 나사"만을 보는 소비에트 이데올로그들에게 평생 맞섰다. "단 한 부분도 얼굴을 버려서는 안 된다. 살아 있어야, 오직 살아 있어야, 끝까지 살아 있는 존재여야만 한다."(「유명해지는 건 꼴사납다」) 미래의 파국에 대한 예감으로 가득한 저 비극적 시구처럼, 인간의 절대적 가치를 경시하고 인간에게서 천부의 자유의 권리를 빼앗으려 시도하는 사회에 맞서 불굴의 자세로 얼굴, 곧 개성을 요구했다. 그는 '내적 자유'를 지키며 무명 속에 잠겨야 하는 시인의 의무에 대해 말했다. 예술가의 자유를 옹호하며 시인은 은연중 모든 개인의 자유를 옹호한다. 삶을 이데올로기에 종속시키는 소비에트 국가의 죽은 역사를 불멸인 삶의 이름으로 거부한다. 1936년 삶과 문화에 대한 무시무시한 전체주의적 억압이 시작되었을 때, 시인의 내면에 있던 "모든 것이 부서졌고, 시대와의 통합은 그것에 대한 저항으로 옮겨 갔다."

죽음을 앞두고 삶을 결산하며 파스테르나크는 이렇게 말했다. "이제 나는 죽을 것이다. 그러나 내 삶은 남을 것이다. 내가 하늘에 너무도 감사하는 이토록 행복한 삶은……." 이 압도적인 실존의 기쁨은 삶에 대한 낙관과 선의 승리에 대한 믿음과 연관되어 있다. 기쁨에 찬 삶의 수용이 그의 세계관과 작품 속의 비극적 음조를 가린다. 인간이 지닌 사랑과 창조의 능력이 엄혹한 조건 속에서도 삶을 찬미의 대상이 되게 하고 감사로 넘치게 한다. 파스테르나크는 그의 세대를 통틀어 가장 희망적인 시적 목소리였다. 그를 진정한 "희망의 시인"으로 만든

"I WON THE NOBEL PRIZE FOR LITERATURE. WHAT WAS YOUR CRIME?"

1959년 퓰리처상 카툰 부문 수상작
파스테르나크가 노벨상 거부하도록 강요한 소련 풍자(1958년)

것은 잿빛 일상에 생명의 숨결을 불어넣고 원기를 북돋운 삶에 대한 독창적이고 생기 넘치는 시각이었다.

세계시인선 45   끝까지 살아 있는 존재

1판 1쇄 찍음 2021년 10월 5일
1판 1쇄 펴냄 2021년 10월 10일

지은이   보리스 파스테르나크
옮긴이   최종술
발행인   박근섭, 박상준
펴낸곳   (주)민음사

출판등록 1966. 5. 19. (제16-490호)
주소   서울시 강남구 도산대로1길 62
           강남출판문화센터 5층 (06027)
대표전화 02-515-2000   팩시밀리 02-515-2007

www.minumsa.com

ⓒ 최종술, 2021. Printed in Seoul, Korea

ISBN 978-89-374-7545-0 (04800)

       978-89-374-7500-9 (세트)

세계시인선 목록